「すー、あんたに大きな封筒が届いてるんだけど」
全日本
美少女オーディション
確かに宛名は俺で、書かれている差出人は……
全日本美少女オーディション運営事務局？

松田すみれ
詰んだおじさんから一転、
目が覚めたら美少女になって
過去に戻ってきた主人公。
せっかく得たチャンスから、
色々なことに挑戦するのに前向き。
岡本なお
明るくて快活なすみれの幼稚園からの幼馴染。
すみれ、なお、ふみかの3人でいつも一緒にいて、
3人の中では最も身長が高い。
高橋ふみか
物静かだが芯が強い、すみれの幼稚園からの幼馴染。
すみれが世話焼きで周りから頼られることに、
若干嫉妬している。

木村透歌（きむらとうか）
すみれの小学校での同級生。
しっかり者でまとめ役なため、
途中から編入してきた
すみれの世話を焼いてくれる。
無防備なすみれの保護者を自認。
栗田由美子（くりたゆみこ）
大女優大島あずさの門下生の一人。
主に舞台で活躍している。
門下生内では最年少だったため、
さらに年下のすみれを可愛がってくれている。

「『外郎売(ういろううり)』をやります！」
前世で俺が養成所で演技を学んだ時に、
2年間お世話になった講師の先生が言っていた、
大事なのはハートなのだと。

美少女にTS転生したから大女優を目指す！　1

武藤かんぬき

HJ文庫
1055

口絵・本文イラスト　あってⅡ七草

プロローグ

――くそ、俺の人生なんだったんだ……。

松田圭史、39歳。ある日突然、体が動かなくなってしまってもう丸5年が経ち、6年目に入った現在も症状は変わらず、ずっとそんな事を考えている。

自分は元々頭の出来がいいとか運動神経がいいとか、そういう上等な人間ではなかった。顔だってすれ違いざまに女性が避けて通るほど不細工だし、デブの中のデブと言ってもいいくらいに太っている。

それでも駄目人間なりに必死に頑張って生きてきたが、突然ベッドから起き上がれなくなった。体は重く怠いし、錆びついたように動かない。

自分ではどうしようもできずに母親に助けを求めたら、返ってきた言葉は『仕事はどうするんだ』という冷たい一言。父親からも同じような言葉が返ってきた。ここで初めて明確に『死にたいな』と思ったものだ。

それでもなんとか頼み込んで病院に連れて行ってもらい、色々な検査を受けさせてくれた事には感謝している。でも結局、症状の原因は一向に明らかにならなかった。

何せ地元でも大きくて有名な病院のお医者先生もお手上げ状態で、検査結果を見ながら『この結果と目の前の患者の状態が一致しない、ありえない』と暗に仮病ではないかと疑いの視線を向けられたのだから。

もちろん体が満足に動かないのだから働けるはずもなく、それまでは派遣社員として働いていたけど、当然ながら欠勤が続いて契約期間の終了と共にクビになった。なんとかそれまで貯めていたお金を使って、別の病院で診てもらうと精神的なものなのではないかという診断が下された。そして、そこからまた隣県の病院に紹介状を書いてもらって、ようやく鬱だろうと診断された。

精神科の主治医は元々は認知症が専門らしいが、一応精神に関わる病全般の診療ができるらしい。彼曰く精神状態が体に影響を及ぼす可能性はあるとのことで、検査しても何にも悪いところが出てこないのならば、精神的な負荷が原因なのではないかと言った。どんな影響が出るのかわからないのがストレスが原因の病の厄介なところだと言っていたが、全くもって同感だった。

この頃になると誰かに支えてもらえたらなんとか動けるようになっていたし、言動も妄言やせん妄などもなくいつも通りだったが、それが結果的にはよくなかった。結局自立支援っていう医療費が1割負担になる支援施策と、3級の精神障害者手帳の交付ぐらいしか国や市町村の支援は受けられなかったのだ。色々なところに電話を掛けまくったのだけど相手にされなくて、世間では何かあった時は障害者年金がライフラインやセーフネットになると言われているけどとんでもない。この国では決められた枠から外れたところで症状が出たら、最低限の支援しか受けられない事がよくわかった。たとえほんの少しの支援でも、ありがたかったけどね。

その後も県内の病院に転院して、担当の女医に『身体表現性障害』という病名に勝手に変更されたり色々な事があったのだけど、結局この間の診察で『もしかしたら新しい薬が出てきて、それが貴方の症状を改善することがあるかもしれない。今のところそれ以外には貴方の病気を良くする方法はありません』と完治はほぼ不可であることを告げられた。

向精神薬やら不安に効く薬やら、色々な種類の薬をこれまでも処方されてきたけれど、どれを飲んでも症状は何も変わらなかった。死にたい気持ちも無くならず、どんどんダウナーになって自殺の段取りや実行方法を考える日々。鬱々とした感情がまるで雪のように降り積もっていく。

救われたとしたら今の病院に移った時に受けたカウンセリングで、カウンセラーさんからもらった一言か。

それまで俺はずっと、こうなったのは自分だけの責任だと思っていた。こんな息子で申し訳ない、迷惑をかけて申し訳ないって両親にずっと謝っていた。でもそうではなかったのだ。

カウンセラーさんは、『地盤がしっかりしていない沼地に家を建てても安定はしないでしょう?』と例え話をしてくれた。貴方が全部の責任を背負い込む必要はない、話を聞いていると貴方の両親の接し方や育て方にも問題があったように思うと、はっきり言ってくれた。

思い返すと仕事人間だった親父は子育てはほぼ母親任せで、強く叱る時にしか登場しなかったからただの怖い人という印象だった。そして母親は……全部語ると長くなるので短く言うと、自分が一番大事で謝ることができない人間というのが一番わかりやすいだろうか。母も子供の頃に死にかけて体を壊してから色々と歪んだのだろうが、俺の駄目な部分を作り上げたのは彼女だったと今ならば断言できる。

でも全部を両親のせいにするつもりはない、何度も言うが俺自身の問題はたくさんある。でも自分ひとりで背負う必要はないと言ってもらえたことで、ほんの少しだけ救われた気がした。

体は動かない、金はない、精神的にゴリゴリ削ってくる両親が一緒に住んでいるという八方塞がりな状況だ。ベッドでずっとモヤモヤと考えていると、突拍子もない考えも浮かんでくる。

突然だが俺はこれまで生きてきて、女性に生まれたかったなと思ったことが何度かある。きっかけは中学生の夏休みの頃に、暇にまかせて半日ほど眠っていた時に見た夢だった。その中で俺は特別な美人でもなければ、目を背ける程の醜女でもない、何の変哲もない女性になっていた。でも夢の中で可愛い服を選んだり、色とりどりの下着の中から気に入る物を探したりするのがすごく楽しかった。さすがに当時は中学生だったのでメイクの知識もなく化粧はしなかったが、髪をリボンで結んだりすると胸が高鳴った。

別に恋愛対象が男性だったり、女装を趣味にしている訳ではない。ただその夢を見た後から、何度か自分が女性だったらという空想を楽しむことが多かった。生まれてこれまで女性と付き合うどころか、手を繋いだ事もないというのも何か影響しているのかもしれない。仕事で追い込まれている時に同性の同僚に手伝ってもらってドキッとしたこともあったから、もしかしたら潜在的にそういう気もあったのかもしれないが。

そんな訳で最近は女性に生まれていれば、もっと違う人生もあったのではないかと現実逃避するかのように考えることが多かった。いつもならば結局ままならない現実に引き戻され、鬱々としながらも現状を受け入れるのだが、今日はどこか様子が違った。

電灯の点いていない部屋だから一際まぶしく天井の一部が光っているのがわかる。そこからまるで変声機を使ったような声が聞こえてきた。

「ならばやってみるがよい、一度だけチャンスをやろう」

その言葉の意味を理解した途端、まるで頭を押さえつけられているかのように頭にとてつもない圧がかかる。『は?』とも『どういう事なのか』とも『そもそもお前は誰なんだ?』ともいった当たり前の反応や問いかけも許されないまま、俺の意識は真っ暗な闇に飲み込まれていった。

やり直し人生のはじまりから転換期

「すー！　ちょっとこっち手伝って！」

　母が洗濯場から私を呼ぶ声がしたので、よっこいしょと体を起こしてそちらに向かう。男だった頃には感じなかった首筋をくすぐる髪の感触にも、さすがにもう慣れてきた。そう、男だった頃、過去形なのだ。39歳のおっさんだった松田圭史は、現在4歳女児の松田すみれとして生活していた……と言っても、いきなり4歳の幼女になった訳ではない。視界が徐々に暗くなって意識を失った後、次に目が覚めた時に目に入ったのは、懐かしいアパートだった。実は男だった時に――ややこしいので次からは前世と言うが――我が家は俺が成人して何年かした後、親父が中古のマイホームを買って、このアパートから引っ越しをしたのである。出来て30年以上経ったニュータウンの一軒家、山の上で交通の便は悪かったが、このアパートに比べれば非常に広々としていて快適だった。

　このアパートは本当に貧乏な我が家にふさわしいボロ家で、隣家の人が電話で話している声が話の内容がしっかり理解できるレベルで聞こえてきたり、現在テレビで観ている番組がわかるぐらいには壁が薄く生活音が筒抜けでひどく苦痛だった。それに加えてアパートのすぐ傍に線路が通っていて、電車が走ると軽い地震かと思うぐらいの揺れが起こるのもマイナス点だ。

そんなボロくとも馴染みのあるアパートの天井が目に入って、ボーッとしていた頭が一気に覚醒に向かった。反射的に体を起こそうと思ったけど何故か頭が重くて、少しだけ持ち上がった頭が再び床に戻ってしまった。床だから頭を打つかもと衝撃を覚悟したが、どうやら布団の上らしい。ボフンと柔らかく衝撃を吸収して受け止めてくれた。

意識を失う前も病気で身体が動かしにくかったが、今感じている動きにくさは別の種類のものだ。なんだろう、筋力が足りないのだろうかとグッと力を込めて自分の手を目の前にかざした。

「…………え？」

思わず言葉を失った。想像していたのは筋張った成人男性の手のひらだったが、目の前にあるのは小さな小さな紅葉みたいな手のひらだった。

グーパーグーパーと何度か手を握ったり開いたりしたが、自分の思った通りに動く。どうやら信じがたいことだが、これは自分の手で間違いないらしい。ってそう簡単に納得できる訳もなく、しばらく唖然と開いたり閉じたりする自分の手を見つめていた。

どれだけ経っても大きさは変わらないし段々と疲れてきたので、右手を布団の上にとすん、と落とす。そう言えば意識を失う前に、変な声を聞いたことを思い出した。

（あの声はやってみるがよいって言ってたよな、もしかして人生のやり直しを？　赤ちゃんに戻って？）

信じがたいが現状を鑑みるに、どうやらそう考えるのが一番すんなり納得できそうだ。だとしたら、もうひとつ確認しなければいけないことがある。

残念ながら赤ちゃんの手足の短さは、姪の世話を手伝っていたからよく知っている。寝転がっている状態で手が股間まで届く訳がないのだ。なので落ち着いて寝返りを試みると、ゴロンとうまくうつ伏せ状態になった。

男性なら経験があると思うが、床にうつ伏せになるとアレがくにゅっと自分と床に挟まれる感覚があるのだが、今の自分にはそれがない。なんとなく感覚的に息子が存在しないということには気付いていたが、これで推測が確定になった。どうやら俺は前世の時に望んでいた通りに女の子に生まれ変わったらしい。

病に苦しんでいた時は絶望から目をそらすように女子になるということを考えていたが、実際にこうなってしまうと控えめな喜びと言いようのない不安を半分ずつ感じていた。人生をやり直せるのは嬉しい、しかも記憶を持ってやり直せるというのはかなりのアドバンテージではないだろうか。どういう存在なのかは知らないが、あの不思議な声の主はかなりサービスをしてくれたのだろう。

よいしょ、ともう一度寝返りをうって仰向けに戻る途中で、緑色の土壁に掛かっているカレンダーが目に入った。生まれた翌年の西暦と3月の文字が書かれている。

男だった自分は5月生まれだったが、誕生日が同じだとすれば今は生後8ヵ月くらいだろうか。

両親は前世と同じなのか、姉は変わらずに存在しているのか、とにかく少しでも情報がほしい。もしかしたら白昼夢かもしれないし、精神的にいよいよ追い詰められた俺が妄想や幻惑の類を見ているのかもしれないのだ。

赤ちゃんの様子なんて普通の独身男性ならわからないだろうが、幸運な事に俺は姉の子供である姪っ子（しかも双子）の生後4ヵ月から中学生になるまでの姿を毎日目にしていたのだ。まったく知らないよりはうまく演技ができるかもしれない。

これからの方針を考えつつ、まずは赤ちゃん生活をしながらの情報収集に意欲を燃やすのだった。

「すーはタオル畳んでね、前に教えた通りにね」

「はぁい」

洗濯場で小さなカゴを受け取り、母も洗濯物がたくさん入った洗濯カゴを持ってリビングへと戻ってきた。間延びした返事をしながら床へと座り、カゴの中のタオルを手に取る。

単調な作業をちょっと下手な感じに装って続けながら、この体になったあの日から今日までの日々をなんとなく思い返す。

便宜上あの時に聞こえた声の主を神様と呼ぶけれど、どうやら神様は本当に性別が反転しただけの過去へと送ってくれたらしく、家族構成も前世とまったく同じだった。父方の祖父母と母方の祖母も同じ人物だったし、住んでいる場所も一緒。

少し違うのは私の顔立ちかな、前は母親に似ていたけれどこちらでは父親に似ているとよく言われている。しかも神様がサービスをしてくれたのかどうかはわからないけれど、前よりも目鼻立ちが整っていて父親と母親の好いとこ取りをしたような感じになっている。

特に違っているのは目が細かったのが、こぼれんばかりの大きな目になっていて、少しタレ目気味なのが柔らかい雰囲気を醸し出している。

前世ではキツイ目付きのせいで不良に絡まれることが多かったのでコンプレックスだっ

たが、どうやら今生ではそうならずに済みそうだ。

『可愛いね』とか『将来が楽しみね』とか、近所のおばちゃん達に言ってもらえるのはちょっと嬉しい。せっかくだから自分の中にある理想の女の子になれるように努力しようと、今後の目標を定めてしまった程だ。でも、最近そのせいでちょっとだけ困ったことがある。

（……あー、また見てるよ）

玄関から家の中が見えないように付けられたアコーディオンカーテンが少しだけ開かれていて、そこからチラリと見えるこちらを睨みつける目。多分その持ち主のほっぺは本人の不満を表すように、ぷっくりと膨らんでいるのだろう。

前世での姉は、こちらでも俺の２歳上の姉として存在している。母親とはまた違った意味で自分至上主義だった姉には色々と嫌な思いもさせられたが、助けられたことも多い。うまくやっていけるだろうと思っていたし、赤ちゃんの頃はごっこ遊びのように面倒を見てくれたのだけれど、最近はちょっと様子が違う。

先程も述べたが、現在の自分は愛らしい幼女である。見た目はそこそこだが何より前世の経験が生きたのか愛想もよく、子供特有の癇癪や我儘もほとんどないとなれば周囲の大人たちがそれはもうチヤホヤとしてくれるのだ。別にそれを狙っている訳でもなければもうちょっと放置しておいてほしいと思わなくもないけれど、好意よりも嫌悪ばかりをたくさん向けられた前世の自分を思えば嬉しいとも感じる。

しかし俺が生まれるまで家族やご近所のアイドルだった姉にとっては、それは看過できる出来事ではなかったのだろう。上の子供は弟妹ができると赤ちゃん返りするなんて話はよく聞くけれど、妹ばかりが可愛がられて自分は我儘を言って叱られる毎日を不満に思っているのだと思う。小学校の高学年にもなれば何故そうなっているのかを分析し、相手の良いところを見つけて自分も真似をしようなんて考えも芽生え始めるのだろうが、6歳児にそれを求めるのは酷というものだろう。

姉が一番ショックだったのは、祖父が俺を猫可愛がりすることだと思う。前世では俺のことなど路傍の石を見るかの如く無関心だった祖父は、唯一の女孫である姉を溺愛していた。どうやら現世でもそれは変わっていなかったみたいで、俺が2歳ぐらいになるまでは祖父の中では姉が一番可愛い孫だったのだろう。

幼女の皮を被った大人である俺にとっては、ジジ馬鹿ババ馬鹿になっている祖父母を手玉に取ることなど容易いのだ。何せ外面・内面の可愛いさのレベルが高いのだから、ちょっとしたことでも彼らは喜んでこちらへの好感度を上げてくれる。前世では嫁姑問題を引き起こしたり様々なやらかしで最期まで色んな人に恨まれながら死んでいった祖母ですら、俺が近くにいる時は嫌われたくないからか、良い人ぶって行動するのにはびっくりした。

そんな事情もあって、こちらは特に争うつもりはないのだが、姉にとって俺は松田家で一番のアイドルの座を争うライバルなのだ。もしかしたら、それ以上に憎しみを抱く敵だと思っているのかもしれないけれど。

何にせよ前世での小さな恨みはあれど、中身アラフォーの自分が6歳児の姉と敵対する意図はない。むしろせっかく同性になったのだから、仲良し姉妹としてうまくやっていきたいと思っているのだ。

鋭い視線にこもった敵愾心をビンビンに感じながら、どうにかならないものかと小さくため息をついて畳んだタオルを積み上げる俺なのだった。

あれからも姉とのギクシャクした関係は特に変わらず、俺はなんとか幼女に擬態しながら日々を過ごしている。

前世では姉にも母にも、どうしても消化することができないルサンチマンを抱いていた。いや、もしかしたら今も前世の家族を恨んでいるのかもしれない。特に俺が病む環境を作った母や普段は仕事ばかりでこちらには一切関わらず、気に入らないことがあれば強権を振るって力尽くで自分の意見に従わせ続けた父には殺意すら覚える。

けれども、こちらの家族にはまだそこまでの事はされていない。姉の行動だって子供の可愛い嫉妬心から起こしているものだろうし、母だって時折言い方にイラッとすることもあるが、身体が弱く前世の自分より年下なのに、子供をふたりも育てるのは大変だろうなと同情心が先に立つ。

せめて負担を掛けないようにしなければ、と現在も布団を敷いて寝込んでいる母を見ながら思う。そう言えば小学校高学年くらいまで、母は週に一度ぐらいの頻度で寝込んでいたことを思い出す。

その度に『お母さんはいつ死ぬかわからないんだから、自分で何でも出来るようにならなきゃ』と言われて、後半よりも前半の母が死ぬという言葉のインパクトの方が強くて、反抗期に入るまではいつも母の死に怯えていた。あれは控えめに言っても、タチの悪い呪いに近い物だった。前世では家族の一番底辺の存在として強要され、抑圧され、搾取され続けていたと思っていたのだが、こうして冷静に大人の視点を持って過去を省みると、父はともかく母の気持ちは理解できてしまう。その程度には俺も大人になってしまったのだろう。

ちなみに姉は、俺がいる時はなるべく近くに寄ってこなくなった。自分は俺に対して苛々して睨みつけて敵対心を顕にしているのに、相対する俺はどこ吹く風といった体で受け流すものだから、自分ばっかり意識しているのがバカバカしくなったのかもしれない。妹の存在などまるで無かったかのように、無視する方向に行動がシフトしていた。

ただし狭い家だし子供のやることだから、食事は一緒のテーブルで食べるし、寝る時は同じ部屋というガバガバ加減だ。でも姉はきっと真剣なのだろうし、何とか関係を改善して普通に楽しく暮らせるようにしてあげたいと思うのだが、如何せん今の自分は幼女なのだ。何を言っても説得力など皆無だろうし、妹から諭されるなどプライドの高い姉からすれば許せないことだと言うのは容易に想像できる。

まぁ、子供の粗相を正すのは親の仕事だろう。転生してきたからと言って、周りの人間を全員ハッピーにしてやろうなんて傲慢極まりないし、そんな面倒なことはしたくない。

あくまで自分自身の幸せを目指す。決して幸せの押し売りをしたい訳ではないのだから、ほんの少し余裕ができたら大事な人達にも幸せのお裾分けをしていければいいなと思う。

これを今回の人生の座右の銘としたい。

現在４歳である俺が日中に何をしているかと言うと、基本的には月曜から土曜までは幼稚園に通っている。宮里町立宮里北幼稚園、もちろん公立だ。

この町の制服は何故か紺色推しで、公立の学校に進学すると中学校卒業までは同じような制服を身にまとうことになる。蛇足だが小学校はブレザーと半ズボン・スカート共に紺色だが、中学校ではスラックスとスカートは明るい灰色になる。

残念ながら幼稚園の時のことなどほとんど覚えていないので、何か不測の事態が起こった時が不安だなぁと思っていたのだが、考えてみればこれからの人生は行き当たりばったりの連続だろうしそれが当たり前なのだ。皆に等しくハプニングは訪れる、それを楽しめるぐらいの心の余裕を持たないと、今回の人生も様々な圧に潰されて終わってしまうだろう。

「すーちゃん、ドーン‼」

そんなことを考えながらぼんやりしていると、後ろからものすごい衝撃を受ける。無邪気なその声でぶつかってきたのが誰なのかを理解しながら、その子が怪我をしないように少女の下敷きになりながらドテッと床に転がる。

「なお、急にぶつかってきたら危ないってば」

俺の上で輝かんばかりの笑顔で笑っている幼女に嗜めるように言うが、ぶつかってきた本人はどこ吹く風でキャッキャと喜んでいる。そんな彼女の様子に苦笑を浮かべながら起き上がろうとすると、今度は前から控えめな衝撃が。

「……わたしも、どーん」

ぽつりと呟くような声と共に、自分と同じくらいの体格の子供がポスンとぶつかってくる。最初のぶつかり稽古のような衝撃とは対照的で、おとなしい性格を表しているかのようだ。

幼女ふたりに挟まれてサンドイッチ状態という、前世ではお金を払ってでもやってもらいたい人もいたであろう羨ましがられる状況だが、残念ながら俺にそういう性癖はない。ましてや今は自分も幼女であり、友達として慕ってもらっているという嬉しさはあるけれど、どちらかというと今はしがみつかれて重たいので離れてほしいという気持ちの方が強い。

ちなみに最初にぶつかってきたのは岡本なお、もうひとりは高橋ふみか。なおの髪は肩の付近で切りそろえられていて、ふみかは背中の中程まで伸ばしたロングヘアだ。ふたりの容姿は同い年の皆の中でも整っていて、他のお母さんや先生をはじめとした幼稚園関係者にも可愛がられている。何故か俺もふたりと同じ可愛い子枠に入れられて、同様に扱わ

れているのは腑に落ちないのだけど。

前世でも幼なじみだったふたりだが、あちらでは中学校入学ぐらいまでしか付き合いはなかった。異性ということもあって、思春期になって付き合いがなくなったのもあったし、部活でそれぞれの交友関係ができたのも大きかったかもしれない。

あとなおの方は中学時代に問題を起こして、卒業を待たずにこの町を去っていったという記憶がある。中学に入ってからすぐにガラの悪い先輩達と連むようになり、受験で忙しくなった中学3年生の秋頃に妊娠が発覚したのだ。俺は噂話でしか知らないので今となっては真実なんてわからないけれど、相手は不良仲間の高校生ですったもんだの挙げ句に、結局堕胎してこの町を去ったと聞いた。

平成末期であれば学生の立場も比較的強くなっていたから、彼女も色々なケアを受けられたのだろうが、残念ながら昭和の常識がまだ色濃く残っている平成初期の話だ。彼女を見る世間の白い目は想像を絶するほどに厳しかったのだろう。今思い返すと自業自得な部分はあるがとても可哀想だとも思う。

奔放ななおとは対照的に、ふみかは現在のおとなしい感じのままの、読書が好きな文学少女に成長した。勉強も出来て派手さはないが整った容姿を持ち、密かに多数の男子から人気があったことを覚えている。

今は無邪気に笑っているふたりがこの後どういう人生を歩むのかはわからないけれど、その時に友達としての付き合いがあるならば嗜めたり苦言を呈するぐらいはしたい。こういう風に言うと上から目線で自分でも感じが悪いなとは思うが、自分の意思を親や環境によって捻じ曲げられることが多かった俺としては、それがどんな結果になったとしても自分の気持ちを大事にして自らの進む道を決めてほしいと思うからだ。もちろん彼女達の選択が、幸せに繋がればいいなと強く思う。現在のふたりは可愛くて好ましいし、子供らしくない俺とも仲良くしてくれる優しい子達なのだから。

なおとふみかのおかげで、他の級友達ともうまくやれていると思う。木を隠すなら森の中という訳ではないが、子供らしくないと自覚している俺がこうして幼稚園生活を満喫できているのは、騒がしく日々を過ごす幼稚園児の中に埋没できているからだ。

先生からすればひとりでぽつんと佇んでいたり、他の子からいじめられていたりする子供は気にかける対象になるが、俺のように仲良しの友人がいて他の子供ともふたりを介して遊んだりできる子供はそれ程心配せずに大らかに見守れる、比較的安心できる園児にカテゴライズされるみたいだ。

それどころか最近では、手持ち無沙汰な時に泣いている子を慰めたり、あんまり皆と仲良くできてない子を遊びに誘ったりしている内に、クラスのリーダーに近い位置にいると思われているフシがある。

結果的に忙しい先生のフォローになっているのは別に構わないのだが、意図的に雑用とかを押し付けようとするのはやめてほしい。せっかくお手本がたくさんいるのだし、別に幼女界でてっぺんを獲るつもりはないが、知らない人に見られても不審に思われない程度には自然な幼女の振る舞いを身につけたい。

なおとふみかのふたりと手を繋いで、絵本を読んだりお絵かきをしている女の子グループへと交ざりに行く。人間観察のスキルが上がりそうだなとふと思った。

全然記憶になかったけれど、お泊り会や運動会など幼稚園って色々なイベントがあるんだなぁと過ごしていたら、いつの間にか2年の月日が経っていた。4月には小学校に入学するので、卒園を控えた俺達は制服の採寸のために、現在トルソーのような扱いを受けている。

前世では生まれてから殆どの時間を太っている状態で生きてきたので、制服は採寸するまでもなく別注——特別注文の略——だと宣言されていたものだが、現世では違う。

元々両親の食生活がズボラというか、インスタント食品が多めだったのでカロリー過多だった。恐らくそれが太る体質を作り上げる基礎となったのではないかと考え、それを鑑みつつ食べる量を調整しているし、アパートの裏に住んでいる幼なじみのお兄ちゃんに朝のランニングに同行してもらったりと自己管理に余念がない。ちなみにこのお兄ちゃん、前世ではお嫁さんと舅さんの仲が悪く、板挟みに遭って精神的にボロボロになってしまったのだがそれはさておき。

母親にサンプルとしてハンガーに掛かっているブレザーを着せてもらったのだが、現世の俺は身長が110センチに届かない小柄な部類に入るので、120センチサイズの制服では大きくて袖から手がまったく出てこない。それでもすぐに大きくなるだろうし、縫って詰めればいいのだからこれでいいか、と母が納得しかけたところで洋服店のおじさんから待ったが掛かった。

おじさん曰く、今はブカブカでも女児は成長が早くて、何回も買い替える必要が出てくる。制服は結構なお値段がするし、他にも体操服など必要な物が多く出費が嵩む。どうせ詰めるのなら思い切って、140センチサイズを買ったほうがいいとの事。

この洋服店は、地域に1店舗しかない制服取扱店だ。おそらく毎年新入生の様子を見ているのだろうし、その後誰が新しい制服を買いに来ているのかも把握しているはず。それを考えるとおじさんの言は一理あるのだが、１４０センチサイズになってしまうともはや制服に着られているというレベルを超えて酷く不格好だと思うのだが。

　何度も言っているが、我が家は貧乏である。その貧乏な我が家の家計をやりくりしているのは母で、その母がおじさんの買い替えが少なくて済むという一言に引き込まれてしまった。特に姉が別注サイズですでに買い替えが必要かと検討する程に縦にも横にも伸びている現状、母が割安で済ます方法を選ぶのは仕方ないとも言える。たとえそれで俺が不格好になったり少々の不自由を感じたとしても、致し方ない犠牲だと考えるだろう。

　試着してあまりの不格好さに鏡の前で唖然としてしまったけれど、大人達の『すぐに大きくなる』という魔法の言葉によって、そのまま購入が決定してしまった。

　前世で嫌と言うほど実感していたはずだったが、現世でも齢６歳にして改めて思い知ってしまった。やっぱり大人は理不尽だ。

　その日の夕方、仕事から帰ってきた父も含めた家族４人で夕食を食べて、食器を台所に運んだ後に父からリビングに集まるように言われた。

いつもならそれとなく姉と俺の位置を離す両親だが、今日は姉の隣に座るように指示される。正面には両親、彼らと向かい合うようにして座るということは心当たりは全くないけれど、何か叱られるのだろうか。

「月子」

そんなに大きな声を出した訳でもないのに、よく通る声を持つ父が姉の名前を呼ぶ。びくりと肩を震わせて姉が小さくはい、と返事をした。姉もわかっているのだろうが、現在の父は説教モードだ。前世での子供時代はなるべく父に叱られたくなくて、出来る限り父の顔色を窺いながらビクビクと怯えて生活していた。しかし姉はそんな父に逆らってよく言い争いをしていて、その善し悪しは別として『度胸があるなぁ』と感心したものだ。

「お父さん達も時間をおけば、お前の態度が変わるだろうと思ってしばらく様子を見ていた。しかしお前のすみれに対する態度は収まるどころかひどくなる一方だ。お前ももう3年生になるし、すみれも小学校に入学する。いい機会だと思ったからちゃんと話をしようと思った」

なるほど、両親的にもこのままの状態が続くと、姉の精神的な成長に悪影響だと考えたらしい。

グッ、と黙り込む姉を急かす様子もなく両親が見つめる。私もチラリと横目で姉を見るが、邪魔をするのは本意ではないので視線を外して、両親にぼんやりとした視線を向けた。

「……名前がきらい、だって月子よりすみれの方が可愛いもん」

ぽつり、と姉が理由を零す。するとせき止めていた物が外れたかのように、姉の口から次々に理由が飛び出した。

「私より可愛い顔なのも嫌い、痩せてるのも嫌い、背がちっちゃいところも皆から好かれているところも全部だいっきらい！」

叫ぶように言った後、姉の瞳からポロポロと涙がこぼれ始める。母が立ち上がって、タンスからタオルを取り出すと姉にそっと手渡した。

しばらく姉の嗚咽だけが部屋に響き、気まずい空気が流れる。決して『それはあんたが勝手に抱えてるコンプレックスであって、私は何もしてないでしょうに』だの『それで無視されて嫌われるのって、私からしたら馬鹿らしくない？』だのという本音は決して口に出してはいけない。ここは俺が出しゃばって無駄に喧嘩を売るよりも、両親に諭してもらった方が丸く収まるだろう。

「今のお姉ちゃんの言葉を聞いて、すみれはどう思う？」

しかし、動揺していたのか返す言葉が見つからなかったのかはわからないが、母がここで俺にキラーパスを出してきた。両親も考えをまとめるために時間稼ぎをしたいのかもしれないが、６歳児がこの空気の中で発言をするのは辛い。中身がおっさんじゃなかったら、黙り込んでしまっただろう。

本当に言っていいのか、と目で母に問いかけると、母はこくりと頷いた。じゃあ、少しだけ本音を言わせてもらうか。正直なところ、子供とは言え姉の態度には少しイラッとしていたのだ。

「んーと、なんか思っていたのと違ったかな」

「違うって、どんな風になんだ？」

父に問い返されて、俺はそちらに視線を向ける。

「わたしが何か悪いことをしたからお姉ちゃんに嫌われてるんだと思ってたけど、そうじゃなかったから。顔とか名前とかが理由ならわたしにできることは何にもないし、どうしようもないなって思った」

「どうしようもないって……っ⁉」

自分のコンプレックスを軽く扱われたのが気に食わなかったのか、姉が激昂しようとするが、負けじとこちらもじっと姉の事を見つめる。いつもならこちらが気を使って引くところなのだが、今日は引き下がらない。

「逆にお姉ちゃんはどうしてほしいの？　今お姉ちゃんが言ったわたしの嫌いなところっ

て、わたしにどうにかできる？　顔も背も痩せてるのも生まれつきだし、わざわざみんなに嫌われるようなこともしたくないもん。だからわたしは何もできないし、どうしようもないでしょ？　何か間違ってる？」

　前世ではどちらかと言うと舌が長い方だったのだが、現世では逆に舌っ足らずになったのかたまに辿々しい言葉遣いに聞こえるのが玉に瑕だ。あと変に難しい言葉とか現在はあまり使われていないカタカナ言葉を使わないように気を使いながら言葉を続ける。

「……確かにすみれの言うとおりだな。月子、今お前がすみれに対してやっていることを何て言うか知っているか？　理不尽な八つ当たりって言うんだ」

「そうね、確かに今の月子は理不尽ね」

　父の言葉に、母が頷きながら同意する。俺が言えることは言ったし、ここから先は親の仕事だ。両親も説得の方針が固まったのか、ここからは俺がいない方がいいと判断したのか、母が俺をリビングから連れ出して寝室の方へと移動する。

　部屋の中から出ないようにと告げてリビングに戻る母を見送り、俺は敷いてある布団にコロンと転がった。両親も姉もだけど、もっとしっかりしてほしい。祖父に買ってもらった大きなぬいぐるみを自分の方に引き寄せて抱きまくらにしながら、思わずため息をついた。

話が終わるのを待っていたらいつの間にか眠ってしまったようで、気がつくと朝になっていた。歯磨きを忘れてしまったな、と虫歯になりたくない俺は軽いショックを受けていたのだけど、どうやらほぼ眠っている俺をうまく動かして母が磨いてくれたらしい。

幼稚園の制服に着替えてリビングに行くと、小学校の制服を着た姉が先に朝食を食べていた。そう言えば昨日の話し合いはどうなったんだろう、と少しだけ疑問に思いながらも、いつも自分が座っているところに座る。

「……おはよう」

いつもは無視がデフォルトな姉が、気まずそうにこちらに挨拶してきた。あまりに意外だったので思わずびっくりして姉の方を見ると、プイッと反対側へと顔をそらす。

どうやら両親はうまく姉を説得できたようだ。昨日少し話しただけだからそれ程大きな変化はないだろうけれど、少しずつでも普通の姉妹みたいに接することができるようになればいいなと思う。そんな気持ちを込めて、俺は姉に挨拶を返すのだった。

両親がどんな話を姉としたのかはわからないけれど、姉の態度が若干ながら軟化した。

あからさまな無視を止めて、挨拶ぐらいなら交わすようになったのは大きな一歩だと思う。

ただ、だからと言っていきなり普通の姉妹のようにと馴れ馴れしくするのも、再び姉の態度を硬化させる可能性があるので、ここは慎重にいきたい。

そんな難易度の高いマインスイーパーみたいな毎日を過ごしながら、俺は幼稚園を卒園し、小学校に入学した。

前世で卒業の時に校舎を見て『案外この校舎って小さかったんだな』という感想を抱いたのだが、再び新入生として訪れてみると非常に大きな学校に見える。身長差による見え方の違いが興味深い。

入学式で真新しい制服に身を包んだ新入生達が辿々しく行進する様子は非常に可愛いのだが、自分もその中の一員である事を考えるとなんというか微妙な気分になる。

俺達の学年は全体で60名ぴったり、30人ずつの2クラスに分かれることになる。この町には小学校が2つあって、俺達の母校は山側の子供達の為に開校したので、どちらかというと規模が小さい。

町の中心にある学校の方には倍ぐらいの人数がいて、中学校に入学した時は今まで顔すら見たことがなかった同級生の多さにびっくりした覚えがある。

せっかくなので仲が良い友達と同じクラスになりたいなと思っていたら、望み通りなお

祝入学式

とふみかのふたりと同じクラスになれたので非常に幸先がいい。懸念があるとすれば担任の先生だろう。前世での担任は山村先生という20代後半の先生だったのだが、彼女に対しては非常に苦い思い出がある。

図工の時間に野菜の絵を描くという冷静に考えると謎な授業があったのだが、もちろん見本も用意されておらず児童それぞれが記憶を頼りに描いた結果、小1で親が呼び出されるという仕打ちを受けた。

「お母さん、息子さんと一緒に買い物に行ったことがないんですか!? かぶの色は紫ではなく白です! 今度ちゃんと実物を見せて教えてあげてください!!」

母もまさか、絵に塗った色のせいで呼び出されたとは思っていなかったのだろう。きょとん、とした後で気圧されたように頷いていたのをよく覚えている。しかし、確かにオーソドックスなかぶは白だが、世の中には紫色のかぶも存在するのである。当時はインターネットもなく知識を得るには本を読んで自発的に調べたりするか、他にはテレビでたまたま知ったりすることが多かった。おそらく先生は紫色のかぶの存在を知らなかったのだろう。だが、そうやって自分が知らないことを間違いだと決めつけるのはどうなのか、と感情的なしこりが残った出来事だった。

「それではここで、それぞれのクラスの担任教師をご紹介します」

前世の記憶を思い出しながら、長々と続く来賓祝辞だの校長の祝辞だのをやり過ごしていると、式の進行担当である教頭の声が体育館に響いた。壇上にふたりの女性が上がり、深々と礼をする。

「1年1組の担任を務めます、神田亜紀です。1年間、楽しいクラスを作りましょう！ よろしくお願いします」

「1年2組の担任を務めます、木尾真由美です。勉強も遊びもみんなで楽しめるクラスにしていきましょう！ よろしくお願いします」

自己紹介と抱負を聞きながら、前世の担任だった山村先生がいないことに驚きを隠せない。しかし前世との違いを挙げるなら、ここに男性から女性になった上に転生して、人生をやり直している人間がいるのだ。もしかしたら俺の存在が影響して担任の人選が変わったのかもしれない。

今後もきっとこんな風に前世と違う出来事が、良くも悪くもたくさん起こっていくのだろう。なるべく良い方向に変わってくれたらいいなぁと思わずにはいられない。

「すみれちゃん、いくよー」

ぼんやりしていた俺の体を揺すりながら、隣にいた女の子が声をかけてくれた。この学校に入学するのは、引っ越してきた場合を除けばみんな同じ幼稚園で一緒だった子達だ。

この子は好き嫌い無く誰とでも仲良くなれる性格の子で、名前は松本優子ちゃん。名は体を表すということわざを体現しているかのような優しい少女である。

立ち上がって差し出された小さな手に自分の手を重ねて握ると、逆隣の女の子とも手をつなぐ。本田瑠里子ちゃん、もちろん彼女とも友達だ。

保護者や先生、在校生からの拍手に背中を押されるように、みんなと一緒に並んで歩きながら体育館を出ていく。1年2組、松田すみれの小学校生活がいよいよスタートした。


うちの小学校は、基本的に班ごとに集団登校する。班分けは住んでいる地域で決められるので、残念ながらなおとふみかは違う班だ。

「それじゃ、行くぞ。1年生はちゃんと手を繋いでもらえよ」

先導役の6年生がそう声を掛けると、振り返って歩き出す。それに続いて他の皆も2列になって後に続いた。俺は車道側に立った4年生の男の子に手を繋がれて、一緒に歩いていく。

ちなみにこの男の子が裏に住んでいる幼なじみのまーくん、正孝お兄ちゃんである。歳が3つも離れているので前世は小学校以外では殆ど接点はなかったのだけど、コンビニですれ違ったりするといつも声を掛けてくれたのでそれ程疎遠にもならなかった。

こちらでも朝のジョギングにも付き合ってくれるし、本当に面倒見のいい人である。今も背が低くて歩幅のせまい俺を気遣って、声を掛けてくれている。

「すー坊、大丈夫か？　しんどかったらちゃんと言えよ」

うん、と笑顔で言うと、照れたように笑い返してくれる。ちなみにすー坊とは、彼の家族が俺に付けている呼び名だ。どうやら彼の家では他所の子供には名前の後に坊を付ける慣習があるらしく、姉も月坊と呼ばれている。前世でもそうだったから特に彼らに他意はないのだろうが、たまに通りかかった知らない人が呼ばれて返事をした俺を二度見したりするのが面白い。

後ろの方で同級生と話している姉は、もちろん俺の方には近づいてこない。まーくんも何となくうちの姉妹仲のことを察しているのか、無理に仲良くさせようとは考えずに静観しているみたいだ。

月曜日から土曜日までの週6日、こんな感じで毎朝学校へと徒歩で登校している。週休二日制の導入はいつ頃だっただろうか、早急な導入が待たれるところだ。

学校に着いたらなおやふみか、友達付き合いをしてくれる子達と挨拶。1学期はお花係に任命されているので、週に1回は職員室に行って先生が用意している花を受け取り、教室に備え付けられている花瓶に生けたりもする。恐らく何かを飼い始めたらお花係から生き物係に変わったりもするのだろう。

小学校1年生の1学期としては、非常に穏やかな雰囲気でスタートが切れていると思う。授業中に席を立ったり騒いだりするような子もおらず、皆しっかりと先生の話を聞いている。恐らく集中力を切らさないように、授業内容や質問のタイミング等を考えて木尾先生が授業をしているおかげなのだろう。なんとなくだが努力の跡のようなものが感じられた。

さすがに小学校1年生の学習内容で躓くことはないけれど、前世での学校の授業では『勉強させられている』という意識が強く、前向きな気持ちで参加したことがなかったように思う。だから現世での学生生活においては、勉強を楽しむことを目標に頑張るつもりだ。

ただあの頃は何とも思わなかったけど、大人としての記憶がある状態で受けると『おやっ?』と意味を考えてしまう事もある。例えば音楽の授業だ。

各学年の最初の音楽の授業では、教科書の一番後ろのページに校歌が書かれたプリントを糊付けする事から始まる。そのページに書かれているのは君が代で、そう言えばうちの小学校の式典では日の丸を掲揚しないし、国歌斉唱もない。前世はもちろん、この間行われた入学式にもなかった。

結果として前世では、中学卒業まで同じ方式で学生生活を送ることになるのだが、困ったのは高校の入学式だ。これまでなかった国歌斉唱をいきなり告げられ、何もわからないままにオロオロしながら、最終的に口パクでその場をやり過ごすという事態に陥る(おちい)のである。他の同級生がどうだったかは知らないが、実際に俺は陥った。

色々な思想や思惑(おもわく)でそうなったのだろうからこの教育方針の是非(ぜひ)はともかくとして、俺としては知らない事が世間知らずみたいで恥(は)ずかしかったのでちゃんと教えてほしかったと当時からずっと思っている。

そんな感じで一部の授業には色々と思うところはあるけれど、全体としては学校生活を満喫している。特に体育、かけっこたのしい。

「あ、すみれちゃん！　こっちこっち！」
町の図書館の一室に俺が足を踏(ふ)み入れた途端(とたん)に掛かる声、背中の中ほどまで伸びる髪(かみ)を三つ編みにしている、俺よりも３つ年上の女の子だ。

自習室でそんなに大きな声を出したら怒られるよと呆れていると、周りの高校生ぐらいのお兄さんお姉さんが迷惑そうに彼女を見ている。その視線に気付いたのか、彼女はビクリと肩を震わせた後、隠れるように顔をうつむかせた。

彼女がどこの誰なのかと言うと、まーくんのクラスメイトである清原千佳ちゃんだ。元々顔見知りではあったのだけどそんなに話した事はなくて、ここに来た時に初めてちゃんと話をしたんだよね。

世間一般の小学1年生は、基本的に図書館の自習室なんて使わない。時間的に利用者層はまばらだけど、周りにいるのは殆どが高校生の子達だ。

自分達の勉強を邪魔されたらたまったものじゃないと思われたのか、初めてきた時には何人かに『どうしたの？』『部屋を間違ってるぞ』『迷子か？』と話しかけられたのだけど、その質問からやんわりと助けてくれたのが千佳ちゃんだった。いやー、同級生の中でも小柄な俺から見ると、彼らの背は壁みたいに高いし威圧感あるしで怖くて、うまく言葉が出てこなかったんだよね。あの時は本当に助かった。

もちろん受験の経験もある俺としては、彼らの気持ちだって解るのだ。小学生は基本的に大きな声を出すし、動作だってガサツで無遠慮に音を立てる事もある。そんな状況では勉強してる学生の集中力が切れてしまい、何のために自分の家ではなくここで勉強しているのかと疑問に思うことになる。自習室ではお静かに、と壁に貼られたお決まりのフレーズが示す通り、お互いに気遣いが求められる場所なのだ。

千佳ちゃんも家ではマンガ等の誘惑が多く勉強に集中できない為、週に3日2時間と決めて自主的にここに通っているらしい。それなら塾通いすればいいのにとも思うが平成末期ならいざ知らず、この頃に塾に通う子供といえば基本的に中学受験を目指すようなエリートばかりだったのだ。もちろん費用も掛かるし、そこまでの意識はない千佳ちゃんにとっては、塾なんて選択肢は初めから存在しなかったのだろう。

去年からここを利用している千佳ちゃんも、最初は俺と同じような感じで利用者に声を掛けられて、怖い思いもしたそうだ。だから自分よりも年下の小さな女の子が同じ目にあっているのを見て、放っておけなかったのだと話してくれた。

「千佳ちゃん、こんにちは」

部屋のすみっこにある長机に移動し、千佳ちゃんが確保しておいてくれたのかパイプ椅子に置いてあったカバンをどけてくれたので、そこに座りながら小声で挨拶する。

「今日は何するの？」

「字の練習かな。だいぶ書けるようになったけど、もっと上手になりたいし」

この部屋に入る前に本棚から持ってきた、書き方の本とノートを机の上に並べながら答える。ちらりと千佳ちゃんの方を見ると、彼女は算数の勉強中のようだ。

そもそも何故俺が図書館で勉強を始めたのかと言うと、そろそろ俺にも習い事をさせようという話が両親から出てきたからだ。前世では姉が通っていた算盤教室と書道教室に一緒に通ったのだが、ここの算盤教室は暗算はないがしろで算盤を使った計算の指導に重きを置いていた。それを否定するつもりはないが、正直なところ大人になったら算盤を使う機会なんてないし、実際に大人になってからは置き方すらもうろ覚えで、まったく役に立たなかったのだ。

書道教室にしても前世と手の大きさが違うせいで違和感はあるけれど、硬筆でそこそこ綺麗な字が書ける。これなら毛筆でも学校で習えば勘を取り戻して、それなりの出来で書けるだろう。習わなくても及第点が取れるのならば、前世の習い事に再び通うのは、ある意味無駄なのではないかとも思える。

母を納得させるために、教科書の計算問題を解きちょっと下手めに書いた文字を見せて、なんとか習い事に通わされるのを回避。他に習いたい物はないかと聞かれたので英会話を希望としてあげたのだが、どうやらこの田舎には英会話教室などまだ存在しないらしい。

英会話教室についてはしばらく保留となり、他にやってみたいことができたらお願いする事にした。ただ習い事をしないとなると、それはそれで時間を持て余し気味になってしまう。

もちろん友達と遊んだり母の手伝いなども行っているのだが、友達と遊ぶのだって毎日ではないし、小学校1年生の子供ができる手伝いもたかが知れている。ならば娯楽で時間を潰すという方法もあるが、平成で様々な娯楽を体感した俺にとっては、この時代のテレビやマンガ等はどうしても時代遅れに感じてしまう。もう一度リアルタイム視聴したい懐かしのアニメなどもあるが、放送されるのはまだ先だ。

テレビゲームもまだ黎明期だから、逆に将棋などのアナログゲームはどうだろうかと検討したが、周囲に遊んでいる子もおらず対戦相手を探すのにも苦労しそうだ。

そこで思いついたのが勉強だ。恥ずかしい話だが、俺の頭脳はそれ程出来がいいとは言えず、学生時代の評価は良くも悪くも平均だった。しかも生まれ変わる前はアラフォーだった為、学生の頃に勉強したことなんてほぼ忘却の彼方だ。今はまだ幼く学ぶ内容も簡単なため、優秀というカテゴリには楽に入れるだろうが、学年が進むにつれてどんどん難しくなっていって落ちこぼれていくと思う。

だったらこの暇な時間を使って、少しでも先の内容を予習すればいいのではないか。そう思った俺は早速実行に移そうとしたが、ここでひとつの懸念が浮かんだ。自宅で小学1年生になったばかりの子供が、上級生が習う内容を独学で勉強していたら明らかに不自然ではないかと。よく考えれば当たり前の話なのだが、それを見た両親に不審に思われて今の穏やかな生活が脅かされるのは嫌だ。

俺としては、せっかく与えられた人生をやり直す機会だ。天才みたいに扱われて窮屈な生活を送るよりも、普通の人が当たり前に求める穏やかで幸せな生活を送りたい。ならば、家の中では極力怪しまれるような行動は起こしたくない。

それに上の学年の勉強をするためには、参考書などの教材も必要になる。それを自然と手に入れられる場所と言えば、学校の図書室か町の図書館ぐらいだろう。学校の図書室で1年生が頻繁に足を運んで自習し、更にそれが上級生の学習内容だったとしたらものすごく目立つ。あと、これは非常に個人的な理由ではあるのだが、学校の図書室にはトラウマがあるのだ。

俺が通っている学校は先述した通りの田舎の小さな小学校で、児童数も少なめだし図書の先生——学校司書さん——も常勤ではない。となるとどういうことが起こるのかと言うと、あの黒光りする害虫が本に卵を産み付けるのだ。前世の小学校時代、とある授業で図書室に来ていた俺達は、ひとつの本から大量の小さな虫がわらわらと湧き出す光景を発見。男女問わず教室内のあちこちで悲鳴が上がり、先生すらも逃げ出す状況で大騒ぎになった結果、クラスメイトの大多数が虫嫌いになるという悲惨で痛ましい事件があった。ああ、思い出しただけで本当に無理、気持ち悪くて鳥肌が立つ。

　という訳で学校の図書室は却下、町の図書館に行こうと近所のお姉ちゃんからもらったお下がりの自転車にまたがって、図書館に通い始めたのである。ちなみに自転車も前世のバランス感覚を魂が覚えているのか、特に練習の必要もなく乗ることができた。前世では子供の頃に何度も転んで痛い思いをして乗り方を覚えたのだから、これくらいの特典は多目に見てもらいたいものだ。

　今日は字の練習をしているけれど、学年ごとに国語・算数・理科・社会と学習内容をチェックしていって怪しいところを覚え直しているのだが、意外とこれが効率よく進んでいる。一度学んだところというアドバンテージは思ったよりも大きく、この分だと4年生の学習内容ぐらいまでは1年生のうちに終わらせられるだろう。

「わぁ、すみれちゃん本当に字が上手だよね。何かコツとかあるの？」

　今日勉強する予定だったところが終わったのか、千佳ちゃんが俺のノートを覗き込むようにして小声で話しかけてきた。

「コツはよくわからないけど、わたしはお手本の真似して書いてるだけだよ。あとは見本が無くても同じ感じでいつでも書けるように練習するから、かなぁ」

　前世で大人になってから付き合いでペン習字をかじったことがあるが、結局のところ必要なのは反復練習なのだ。お手本で字のバランスを学び、それを自分の物とする。それ以外に近道はない。

千佳ちゃんは『やっぱり練習しなきゃダメだよね』と、ちょっとだけ残念そうな表情で言いながら、カバンにノートや教科書をしまい始める。あれ、もうそんな時間かと壁に掛けられた時計を見ると、もう4時45分になろうとしていた。まずい、母との約束で5時には家に帰り着かないといけないのに。

思いの外集中していたのか、それとも物思いに耽ってしまったのか。俺もバタバタとリュックにノートや鉛筆を詰めて、図書館の本棚から持ってきたペン習字の本を胸に抱える。千佳ちゃんと一緒に自習室を出て本を返して、建物を出たら彼女は徒歩で俺は自転車なのでここでバイバイ。また次も一緒に勉強しようねと約束して別れる。

早足で自転車置き場まで辿り着くと、校則で着けなきゃいけないと決められているダサいヘルメットを頭に被って、自転車にまたがる。5時まで多分あと10分ぐらい、間に合いますようにと願いながら力を込めてペダルを漕ぎ出すのだった。

「すーちゃん、こっちでおはなししよー」

「さんすうおしえてー」

「……すーちゃん、おしっこ」

どうしてこうなった。とりあえずそこでモジモジしてる子は、さっさとトイレに行ってきなさい。もしかしたら赤ちゃん返りだろうか、このままだと教室の床掃除が大変になりそうなので、まとわりついていた他の子をやんわりと離して、先に彼女をトイレに連れていく。

何故こんな状況になったのか、という原因は薄々とはわかっている。現世で女の子になったことが理由なのかはわからないが、どうも他の子の世話を焼いてしまう性質が強くなっているのだ。

この子みたいにトイレに行きたいのを我慢してる子に気付けばトイレに連れていき、体育の授業で転んで怪我した子がいれば保健室まで同行し、算数の授業で足し算引き算がわからない子がいれば教えながら一緒に勉強する。まぁ懐かれるわなー、と今更ながらに自らの行いを反省するが、気がつくと勝手に世話を焼いている自分がいるのだから仕方がない。もしやこれが母性というものなのだろうか、前世では父性すら感じたことがなかったからよくわからないが、育ちきって凝り固まったアラフォーの自我にまで影響を及ぼすとはなんと恐ろしい。

　それとは別に『前世でこれだけ女の子に囲まれていたら』なんてハーレム願望が一瞬頭をよぎるが、前世では皆と同じで小学1年生として懸命に頑張っていた俺には、他のクラスメイトを気にかける余裕なんてなかったのだから、こんな状況になる訳がない。

　ちなみに女子だけじゃなくて男子もたまに寄ってくるのだが、今はまだ1年生なので特に他意もなく可愛がることができる。けれど自分より身長がかなり高かったり、体格が良い子には本能的な恐怖なのか、少しだけビクリと体が震える。うちの父親はスキンシップが少ない方だから助かっているが、もし成人男性にいきなり抱っこされたりしたら、反射的にビンタしてしまうかもしれない。こちらは恐怖からではなく、主に嫌悪感が原因で。

　現在の自分が女性である事は理解も納得もしているけど、だからと言って『はいそうですか』と男性だったという前世や自意識を変えることはできないし、異性だからと恋愛対象を男性にすることも簡単にはできない。前世から人柄に惚れ込んで男性に憧れにも似た感情を抱いたことがあった為、もし現世でもそういう人物に出会えた場合は男性であっても恋をする確率はゼロではないかもしれないが、現状では全く考えられない。可能性はゼロだ。

　むしろ今はまだ女性に対してドキドキしてしまうことの方が多く、若いママさんにぎゅーっと抱きしめられたりすると、その感触の柔らかさに顔が火照ってしまうのだ。もちろんクラスメイトに対してそんな感情は抱かないけれど、10年後に同じ状況になったら多分ドキドキしちゃうんだろうなとは思う。いや、そんな状況にはならないだろうけれども。

　そんなことを考えながらもついでなのでトイレを一緒に済ませ、教室に戻ってくる。すると今度はむぅ、と頬を膨らませて『私達不機嫌です』と態度で示すなおとふみかがいた。

「ど、どうしたの、ふたりとも？」

　その柔らかそうなほっぺを軽く突ついてみたい衝動に一瞬駆られるけれど、そんなことをしたら更に不機嫌になりそうだから自重する。

「だって、さいきんすーちゃん、他の子とばっかりはなしてる」

「……わたしたちがいちばんのおともだちなのに」

　あ、これ面倒くさいヤツだ。前世からずっと思っているのだが、どうして女子はやたらと友達に順番や優劣をつけたがるのだろうか。もちろん俺も前世では親友とそれ以外ぐらいのカテゴリ分けはしていたが、女子は不思議なほど厳密に順番をつけようとする。

「えっと、そんなことないよ？」

「学校おわってもあそんでくれないし」

「4ねんせいのひとと、としょかんであってるのをみた」

なんだか会話が浮気の追及みたいになっているけれど、こういう場合はどう返せばいいのか。人生で女性と接する機会もほとんど無く、アラフォーまで純潔を守ったおじさんには難しすぎる問題だ。

けれどもやましいことは何もないし、ここは普通に返すしかないだろう。

「ええー、ふたりとも遊べたなら誘ってくれたらよかったのに」

「だって、ならいごととかもあったもん」

あくまで誘ってくれたら遊べたのにと消極的な責任転嫁をぶつけてみると、むくれたなおが拗ねながら答えた。ふみかも隣でこくりと頷く。どうやら遊びたい気持ちはあるけれど、やはりそのための空き時間はなかったらしい。そりゃそうだ、遊べる時間が少しでもあれば、ふたりとも我先にと誘ってくれていただろうし。

遊びたいのに遊べないもどかしさからの行動。この子達も本当はわかっているのだ、別に友達が増えたところで、俺の中のふたりの価値は下がったりなんてしない。ただ寂しくて、甘えているからこんな態度を取るのだろう。だとすれば。

「じゃあ、今度3人とも予定のない日に遊ぼ、ねっ？」

言いながら、そっとふたりの手を握る。こういう場合、きっと言葉よりも人肌の方が説得力を持つんじゃないだろうか。ぷにっとしているふたりの柔らかい手の感触を指で感じ

ていると、戸惑いながらも握り返してくれた。ちょっとだけ照れたような笑みを浮かべるふたりを見る事ができて、ホッと安堵のため息をつく。

もしかしたら甘やかしてるように見えたり、俺に対する依存ぶりを強めているようにも感じられるかもしれない。もしもそんな問題が起こったら、ふたりの将来のためにもそれなりの対応を取らないといけないだろうが、今はただこんな風に楽しそうに笑っていてほしい。強くそう思った。

「よい……しょっ！」
ザクッと小気味良い音を立てながら、振り下ろしたクワが土に刺さる。この小さな体で大人用のクワを振り回さなきゃいけない事に理不尽さを感じてしまうが、この時代は大は小を兼ねるというか、子供に合わせて道具を作ったりすることが少ないように思う。農業なんてその最たるものではないだろうか。
どうやらうちの学校が勤労生産学習という施策のモデル校になったらしく、2年生になって早々にこうして学年全員で農作業に精を出す事になった。インターネットでもあれば勤労生産学習で検索をして意図と教育内容を調べられただろうが、残念ながらそんな便利なものはまだまだ世間一般には登場しない。言葉だけで判断するなら『農作業をして作物を育てて色々と学ぼう』みたいなニュアンスになるのだろうか。その是非については横に置いておくが、個人的には面倒くさいとしか思えない。

そもそも前世でもこういう取り組みがあったとして、うちの学校が選ばれたなんて話は全く記憶にない。育てたサツマイモをみんなで焼き芋にして食べた思い出はあるが、ああいうのはたまにやるから印象に残るのだ。説明ではジャガイモから始まりラベンダーやサツマイモなど複数の花や野菜を季節に合わせて育てるらしく、そこまでやると苦役にしかならないだろうと呆れ交じりのため息をついてしまう。

むしろ可哀想なのは、児童ではなく先生かもしれない。普段の授業や学級運営に加えて農作業、平成の世でも教員の過酷な労働状況は問題視されていたが、昭和の先生達も結構辛い環境にいるのではないだろうか。

それはさておき、何でモデル校になっちゃったんだろうなぁ。教育委員会の人達、もしかしたら候補の学校名を書いた紙を箱か何かに入れて、くじ引きで決めたりしたのだろうか。既に決定してしまってこうして授業まで始まっている以上、ぶつくさと文句を言っても始まらない。

　これでも前世ではサツマイモを育てた事がある経験者だ。ジャガイモだって問題なく育てられるだろうし、畝作りぐらいなら非力なこの体でもなんとかできる。この後は石灰を付けた種芋を置いて、その上に土を掛けるらしい。何故石灰を付けるのか、理由は説明されてないし質問できる時間もなかったのでよくわからない。

「すー坊は上手ねぇ、今度うちのところもお手伝いしてもらおうかね」

「あ、おばちゃん……あれ、おばちゃんちってお米農家さんじゃなかった？」

　黙々と作業していると、ＰＴＡから応援として来てくれている裏の家のおばちゃんが声を掛けてきた。

「庭に家庭菜園があってね、たまにすー坊のおうちに野菜のお裾分けしてるのはそっちからなのよ」

「そうなんだ……あ、ゴロウの小屋の近くにあるあそこ？」

「そうそう、家族の分とご近所さんへのお裾分け分だけ育ててるのよ」

　そう言っておばちゃんはコロコロと笑った。ちなみにゴロウというのはおばちゃんの家で飼ってる雑種犬だ。元々は捨て犬だったらしいが非常に頭がよく、知らない人には勇敢に吠えて警戒心を顕にする。けれども俺達みたいな知っている人間が近寄ると甘えるようにすり寄ってくるという、番犬になるために生まれてきたようなワンコだ。

おばちゃんの家は兼業農家ではあるものの、結構な広さの田んぼを所有していて販売するルートも確立しているからか、結構なお金持ちだ。家族で田植えや刈り取りもやってしまうので、人件費が抑えられるのもその理由の一つだろう。だからなのか自宅の敷地も結構広く、お屋敷みたいな家の横には広めの庭がある。あのサイズの家庭菜園ならあと6個ぐらいは作れるかもしれない。

「すー坊みたいな子が、正孝のお嫁さんに来てくれたらいいのにねぇ」

突然何の前振りもなしにそう呟いたおばちゃんに、俺は何かを吹き出しそうになったがすんでのところで耐えることができた。何を言い出すんだろうか、この人は。

「わたしみたいなのがお嫁さんじゃ、まーくんがかわいそうだよ。もっとちゃんとした女の人の方がいいと思う」

ちゃんとした、の部分の真意は多分おばちゃんには伝わらないだろうけど、さすがに男としての自意識がまだまだ多分に残っている俺と結婚するなんて、まーくんにとっては罰ゲームだろう。彼に恩義も友誼も感じている俺としては、是非可愛いお嫁さんをもらって今度こそ幸せいっぱいな結婚をしてもらえればと思う。前世での結婚相手は農家の長男嫁にはまるで向かない性格だったからね。彼女の人格を否定したりはしないけれど無用なトラブルを持ち込んで四方八方に延焼させる人だったのは確かだ。

俺の返事に何故かおばちゃんは困ったような笑みを浮かべて、俺の頭をぽんっと撫でた。おばちゃん、軍手のままだと土が俺の髪についちゃうんだけど……。

小学1年生は謂わば、小学校生活のチュートリアルステージだ。遠足だって裏山にある自然公園に行って遊ぶだけだったし、学校のプールも水遊びとしか形容できないぬるさだった。

でも2年生からが本番とばかりに勉強のレベルが上がる。算数では九九が立ちふさがり、国語ではこれまでより物語性の強いお話が教科書に掲載されている。2年生は先生もクラスメイトも変わらず持ち上がりなので、顔ぶれは変わらない。さすがに最初から躓く子はいないだろうが、勉強の積み重ねがうまく行かずに本気で取り組んでも平均点すら取れない同級生は結構いた。仲の良い子達がそんな風にならないように、注意して見ておこうと思う。

去年度はずっとお花係だった俺だが、今年は保健委員になった。と言っても自薦ではなく、先生を含めたクラス全員の他薦で決まってきょとんとしたものだ。どうやら芽生えた母性に任せるまま、あちこちでクラスメイト達の面倒を見ていたのが原因らしい。まぁ主な仕事はたまに開かれる委員会に出ることと、これまでと同じようにクラスメイト達に気を配って必要があればフォローすることみたいなので特に負担はない。

最近はふみかが絵を習い始めたので、その練習に付き合う感じでなおと3人で、放課後に絵を描きに行くことが増えている。前世では絵に関する才能が壊滅的になかった俺だが、どうやら現世では人並みの才能はもらえたみたいで、年相応の絵を描くことができている。このまま少しずつ練習を重ねて、いつかはイラストなどが描けるようになったらいいな。

「すーちゃん、今度はわたしのピアノにもつきあってね」

並んで絵を描いていたなおが、少しだけ拗ねたような表情でこっそり耳打ちをしてきたので、こくんと頷いておく。俺もピアノには興味があるのだが、いかんせんうちの父が大のピアノ嫌いなのだ。前世でも現世でも姉が習いたいとゴネていたが、父が強硬に却下した。『大人になってピアニストになれる人間なんか限られているのに、練習しても時間の無駄』などと尤もらしいことを言っていたが、本当の理由を前世で母から聞いていた。

どうやら父が子供の頃、隣の家のお姉さんが日がな一日ピアノを弾き鳴らしていたらしく、騒音もそうだがあまりに下手なピアノを強制的に聞かせられ続けて、ノイローゼになりかけた事があったそうだ。それがトラウマになっているのか、子供達を絶対にピアノには近づけないと結婚当初から言っていたらしい。なんというか気持ちはわからんでもないが、自分勝手な話だなぁとは思う。

　俺も前世の中学生時代に所属していた吹奏楽部で、トラウマ級の嫌な出来事がラッシュのように起こったが、だからといって自分の子供が吹奏楽部に入部するのを邪魔するかと言われれば、それはしないと断言できる。やるとしても自分の実体験をありのまま伝えて、判断材料のひとつにしてもらうぐらいだろう。音楽によって自分自身やその周囲が良い影響を受ける、それを知れたのは吹奏楽部に入ってよかったと思えた唯一の収穫だった。

　絵であれ音楽であれ、お金を稼ぐプロにはなれなくとも趣味として生活の潤いや彩りとして嗜めば、自分にとってもプラスになる。同好の士と知り合って新しいコミュニティを開拓することもできるし、その人との繋がりが良くも悪くも新しい刺激を与えてくれる事もあるだろう。

　結局前世での父は友達もおらず趣味らしい趣味もなく、退職してからは金がある時はパチンコに行くが、懐が寂しくなったら家の個室でテレビを孤独にぼんやりと眺めるという生活を送っていた。それを悪とは言わないが、そんな生活を俺としては絶対に送りたくない。前世の俺も人のことをとやかく言えないくらいには孤独な人間だったが、だからこそ現世では充実した人生を送りたいと強く思う。

その為にも色々なことにチャレンジしていこう。転生してから何度目か忘れてしまったが、改めて決意を胸に俺はスケッチブックに視線を落として鉛筆を走らせるのだった。

「探検？」

午後から授業がない水曜日のお昼休み、あとはもう掃除をして帰るだけというタイミングで、なおが『探検に行こうよ！』と声を掛けてきた。

「ゆうくんといっちゃんが行こうって。せっかくだからすーちゃんとふみちゃんもどう？」

ゆうくんは田中裕次くん、いっちゃんは安井一平くんのことで、わんぱくさならクラスで一、二を争う暴れん坊な男の子達だ。

一平は中学卒業まで一緒に机を並べた仲だが、裕次の方は小学4年だったか5年だったか定かじゃないが、転校してしまったのであんまり覚えていない。こうして1年と少し見てきた印象だと、たまにイタズラをして女子を泣かせる以外は、どこにでもいるやんちゃな男子という感じだ。

「場所は？　どこに行くって言ってた？」

「えっと、団地のちかくの箱みたいな形のところ」

なおが答えた場所は、多分うちの小学校に通ってる子達なら誰もが知っているだろう。建設会社の社宅団地が立っているすぐ横にある、元々は大型トラックのガレージだった場所だ。

10トントラックぐらいの大きさでも入るように建てられたそのガレージは、トラック4台が駐められるようになっているのでかなり広い。シャッターが閉まっているので普通なら入れないのだが、調光用の小窓があったであろう場所には今は窓枠もなくなってポッカリと小さな穴が空いている。体が小さな子供なら楽に入れるし、細身な人なら大人でも通れるかもしれない。

ただあそこ、外から中を覗き込んだことがあるのだが非常に乱雑に散らかっているし、足元にはガラス片が散乱していて危険だったりする。この時代の子供用の靴って底がペラペラなので、俺はともかく他の子が怪我でもしたら大変だ。

「……こわいの、やだな」

俺の隣にいたふみかが、小さな声でそう呟いて俺の服の裾をぎゅっとつまんだ。確かに暗いし埃っぽいし、子供から見たら下手なお化け屋敷よりも怖いかもしれない。

「ふみかもこう言ってるし、わたしもあんまり……」

怖がるふみかを理由にするのも申し訳ないが、ここは行くのをやめさせるのが大人の判断だろう。明らかに行きたそうな顔をしているなおの機嫌を損ねないように、やんわりと告げる。

「なんだよ、せっかくさそってやってるのにコシヌケばっかりか！」

「これだからおんなはダメなんだよなー」

俺の言葉を遮るかのように、生意気そうな声が耳に飛び込んできた。そちらに視線を向けると、さっき名前が出てきた裕次と一平がイラッとするようなニヤニヤ顔でこちらを見ている。

肉体的には同年代でも精神は大人な俺としては別になんとも思わないのだが、残念ながらこちらには負けん気の強い女の子がひとりいる。

「行けるもん！　わたしたち、コシヌケじゃないもん!!」

自分と友達である俺とふみかが馬鹿にされたと察したのか、なおが吠えるように答えた。その様子を見ながら脳内で『乗るな、なお！』と止めてみたりしたのだが、残念ながらこの時代にネタをわかってくれる人はいない。まぁこんな事を考えているのは、この先の展開が読めてしまって現実逃避をしているからに他ならないのだけど。

この後はもうおわかりの通り、ふたりに挑発されたなおがそれに乗っかって、俺達も一緒に探検ごっこに付き合うことになった。行きたくなかった俺とふみかは顔を見合わせると、諦めるようにため息をつく。なんとなくふみかとの心の距離が更に近くなったように思えたのが、唯一の救いかもしれない。

それから掃除の後、詳しく集合時間と場所を決めてから一旦解散した。言うこと聞かない子供を連れて廃墟への引率かぁ、行きたくないなぁ……。


制服から私服に着替えて、髪を後ろで簡単にまとめる。うちの母は朝の忙しい時に自分の手を煩わされるのを極端に嫌う人なので姉は強制的にショートカットにされているが、俺は自分で髪を梳かしてそれなりのレベルでまとめることができるので、長い髪のままでいることを許されている。

女の子としてオシャレをしたいのはわかるが、5分10分を争う朝の時間帯に今日はあの髪型がいいと我儘を言われる母の気持ちを考えると、姉よりも母に対する同情の気持ちの方が強く湧き上がる。

それはさておき、現在の俺の髪は背中の真ん中を少し越えるぐらいには伸びており、ポニーテールにしたり後ろで大雑把にまとめたり、前世でくるりんぱと呼ばれていた髪型にしたり色々とアレンジを楽しんでいる。ちなみにくるりんぱとはゴムでまとめた髪を適当に半分に分けて両サイドに引っ張り、その間に尻尾の部分をくるんと通すという簡単な割におしゃれな感じに仕上がるまとめ方だ。

普段なら面倒だからワンピースあたりを身につけるが、今日は廃墟に行かなくてはいけないので、なるべく動きやすい服ということで厚手の長袖Tシャツにパンツルックだ。リュックサックにタオルや軍手、絆創膏や塗り薬などを入れていく。必要ではないかもしれないが、万が一誰かが怪我をしてしまう可能性だってある。備えあれば憂い無し、無駄になってもいいのだ。

あ、そうだ。暗いだろうから懐中電灯も持っていかないと。LEDなど存在しない時代なので、うちの懐中電灯はとにかく大きい。それをリュックサックの空きスペースに無理やり詰め込んで、今度こそ準備完了だ。

「遊びにいってきまーす！」

「どこに行くのー？」

「なおとふみかと一緒に外であそぶの！」

「5時までには帰ってきなさいよー」

はぁい、と返事をして玄関から飛び出すように出発する。洗濯場にいる母とのやり取りなので少し声が大きくなったが、お昼だから近所の人も許してくれるだろう。というか、このアパートの住人は夜だろうがお構いなしに騒がしいので、お互い様だと思うことにしよう。

それから駄菓子屋さんの前を通って住宅地をぬけて、団地の方へと歩いていく。自宅の近所だから顔見知りばっかりで、いつもより膨らんだリュックを背負っているからか、おばちゃん達がみんな不思議そうに声を掛けてくる。それを曖昧に笑ってやり過ごして、やっと集合場所である団地の公園へと到着した。

既に俺以外の全員が到着していて、なおとふみかがぶんぶんと手を振っている。さっき解散する前にアドバイスしたからか、ふたりの手には少し古ぼけた毛糸の手袋がはめられていた。なおはピアノ、ふみかは絵と手を使う習い事をしている。間違って怪我でもしたら習い事を休まないといけないし、何よりふたりが痛い思いをするのを見たくない。

本当は俺が持ってきたような軍手がよかったのだが、どうやら家になかったようだ。その場合は汚れてもいい手袋を持ってくるように言ったのだが、どうやらちょうどいいものがあったようだ。

男子ふたりにも同じアドバイスをしたのだが、着けていないところを見ると持ってこなかったのか、それともポケットにでも入れてるのか。まぁいい、一応忠告はしたのだから、あとは怪我をしようとどうなろうと本人達の責任だ。

「なんだよその荷物、おもくねーの？」

「まぁいいじゃん。お前らは俺達のうしろにいればいいよ、しかたねーからまもってやる」

合流した俺にやんちゃ坊主ふたりは一丁前のことを言って、先導するように歩き出す。

俺も後を追うように足を踏み出すと、両サイドから伸びてきた小さな手に両手を握られる。負けん気で言い返したものの今更ながら怖くなってきたのだろう。ちょっとだけ怯えた様子のなおと、対照的に全身で怖がっていることを表現している状態のふみかだ。

手を握っただけでは足りないのか、そのまま自分の胸へと俺の腕を抱え込むふたり。ものすごく歩きにくいのだが、振りほどきでもしたらそのまま腰を抜かしてしまいそうなので、そのままにして歩き出す。

こうして男子だけが乗り気なはた迷惑な探検隊が結成され、小さな冒険が始まるのだった。

窓枠の下にあるガレキをうまく足場にして、俺達は廃墟の中に降り立った。廃ガレージと言ったほうが正確かもしれない。

「足元にガラスが散らばってるから、気をつけてね」

なおとふみかにそう言いながら、周囲を見回した。薄暗いガレージ内は冷たい空気で満たされていて埃っぽく、少しすえた臭いが鼻につく。

(この状態だとネズミとか小動物の死体ぐらいは、転がっててもおかしくはないな)

ペストとかってネズミが媒介するんじゃなかったっけ、マスクとかも持ってきたほうがよかったかなぁと思いながらもハンカチを口元に当てる。

「すーちゃん、きもちわるい？　だいじょうぶ？」

なおがこちらを心配そうに見ながら言うので、小さく首を振って大丈夫だと答えておく。その傍らではしゃいでいる男子がふたり、『こいつらは人生楽しんでるなぁ』と少しだけ羨ましくなる。

大人になるにつれて知識が増え、どんどん恐怖の対象になるものが増えていく。子供の頃は平気で触れていた昆虫に触れられなくなって、衛生的に不安がある場所には近づかなくなる。

そういう意味では体がどれだけ若返ったとしても、俺はもう二度と純粋な子供に戻ることはできないのだろう。それが少し寂しくもあり、逆に有り難くもある。だってもう虫とか絶対に触りたくないし、できれば近寄りたくもない。そう思うと現世は男子ではなく女子に生まれたのは僥倖だった。

男子ふたりに先導されながら、その後ろを俺達3人が付いていく。道中に薄汚れた肌着やボロボロになったえっちな本が落ちていて、予想通りに人の出入りがあったことを物語っていた。

チラチラとおっぱいを丸出しにしているお姉さんが写っている表紙を、男子がチラ見しているが武士の情けだ。ツッコまないでおいてあげよう。俺も前世の小学生時代に友達と一緒に河原に落ちていたエロ本でリビドーを発散させたものだ。気持ちは痛いくらいわかる。ただ俺達は当時小学校高学年だったから、小学校2年生での性の目覚めは少し早すぎる気がしないでもないが、それはひとまず横に置いておこう。

「あー、ゆうくんといっちゃんがえっちなほん見てるー」

「ばっ、ばか！　そんなもんみてない！」

からかうように言うなおに、裕次が顔を赤くして反論する。何故か俺とふみかの方を見て『見てないからな！』と重ねて言い訳するので、とりあえずふみかと一緒に頷いておく。なんだろう、ふみかのことが好きなのかな？　好きな子にエロい奴だと勘違いされたくない男の子の気持ち、わかるわかる。

しかしこうして、改めて女性になってから同性のえっちなグラビアを見ていても、特に何も感じないものだなぁ。そうかと言って、その隣に立っている男性の裸を見てもこちらも何とも思わないので、今の俺は性的には非常に中途半端な立場にいるのだろう。これが思春期になった際にどうなるのか、怖さ8割好奇心2割といった感じだ。

わちゃわちゃと戯れている裕次となおを横目に、ちゃっかりこちらに逃げてきていた一平と俺の腕にしがみついているふみかと一緒に、ゆっくりと奥へと進んでいく。

廃タイヤが5本ぐらい積み上げられている場所を、崩さないように慎重に進む。10トントラックのタイヤが頭上から降ってきたら、今の俺達などひとたまりもなく潰れてしまう。ホイールがついていないので多少重さは軽減されるのだろうけど、それでも60キログラムぐらいはあるのではないだろうか。

だいぶ奥に進んだので、小窓から差し込んでいた日光も届かなくなってきた。こんなこともあろうかと持ってきた懐中電灯を、リュックから取り出して点灯する。明るくなったらボロボロの衣服やジュースやお酒の空き瓶・空き缶などが転がっている様子がさっきよりよく見えて、なんというかさっさと帰りたい気持ちが強くなる。

「おい、あっちはゴミすくないぞ！　もしかしたらオレたちが一番乗りかもしれない」

裕次がそう言って先頭に立って進み出すと、乗り気の一平となおがテンション高めに後に続く。完全に洞窟なんかを探検している気分なのかもね。明らかに鉄筋の建物なのだから、俺達が最初に足を踏み入れる訳ないでしょ。でも誰だって子供時代には自分で考えた設定になりきるごっこ遊びをした経験があるだろう。もちろん俺だって前世では経験者なのだから、空気を読まないツッコミは入れない。在りし日の自分の姿を見せられているみたいで、なんというか恥ずか死しそうだけど、なんとかこの羞恥に耐えなければ。

足元に気をつけながら俺達も後に続く、確かに奥の壁に近づくに連れてゴミは目に見えて減っている。地面にはホコリが積もっているし、ここしばらく人が立ち入った様子はなさそうだ。

最奥までたどり着くと、大人ひとりが通れるぐらいの通路が隠れており、その奥にはよく事業所などに備え付けられている銀色の簡素なドアが見える。あくまで予想だが昔はその先に、事務所とかそういう類の部屋があったのだろう。もちろん今はこのドアの向こうは空き地になっているので、薄汚れたガラス部分からほんの少しだけ太陽の光が差し込んでいた。

ただドアの前には木箱や雑多なものがいくつか積まれていて、力も背丈も足りない子供の俺達には近づけそうもない。やっと帰れそうだなと思っていたら、やんちゃ坊主がとんでもない事を言い出した。

「これだけだとつまんないからせっかくだし、なにかたからもの持ってかえろうぜ！」

「えー、だってここゴミしかないよ？」

裕次の言葉になおが即座に嫌そうな声で言った。ナイスだなお、この機を逃さず諦めさせるために俺も言葉を続けた。

「そもそも、ここから何かを持っていったらわたし達が泥棒になっちゃうよ。イヤでしょ、牢屋に入れられるの」

「何でドロボーになるんだよ、だれも住んでないじゃん！」

「あのね、確かにここは空き家かもしれないけど、法律的には持ち主がいるの。そこから勝手になにか持って帰ったら泥棒になっちゃうでしょ？」

わかりやすく説明したつもりだったが、どうやらあまりピンとこなかったらしい。裕次だけでなく他の3人もきょとんとしている。うーん、なんて言えば通じるだろう。

「例えば、ふみかのおうちはお父さんとお母さんが建てたから、ふみかの両親の物だよね？」

「……うん」

「ふみか達がお引っ越ししても、他の人に売らなかったらそのおうちはふみか達の持ち物でしょ？　誰もいない家だからって他の人が勝手に入って、中の物を持って帰ったらどうなるかな？」

「それ、ふみか達のものなんでしょ？　だったらドロボーだよ！」

仮定の話なんだけど、なおがぷんぷんと怒りながら言った。それからしばらく何かを考えるようにして、ハッと気付いた様子で言った。

「ホントだ、わたしたちもドロボーになっちゃう」

慌てたような様子で周りを見回すなおと同様に、男子ふたりもバツが悪そうな顔でこちらを見ている。ふみかは少し不安そうな表情で、俺にすり寄ってきた。

「ついでに言うとここに勝手に入っちゃってるのも不法侵入っていう犯罪になっちゃうから、誰かに見られないうちに早く帰ろ？」

犯罪、という言葉の響きにビビったのか、男子ふたりが早足に我先にと出ていこうとする。『おいおい、俺が守ってやるとか言ってたのに先に逃げちゃうのかよ』と呆れた気持ちになりつつも、なおとふみかを促して俺達も彼らに続く。

持ってきたアイテムは懐中電灯と軍手しか使わなかったけれど、誰も怪我せずに済んだことの方が喜ばしい。少年ふたりにとっては成果もなくつまらない探検だったかもしれないけれど、廃墟でも勝手に入っちゃダメなんだという事を実体験として学んでもらえたという点は成果と呼んでもいいかもしれない。

まだ母と約束した門限までは時間があったので、残りの時間は高オニとかかくれんぼをして子供らしく遊んだ。団地の公園で偶然会ったクラスメイト達も巻き込んだので、楽しい放課後を満喫したのは言うまでもない。

ただこの話には続きがあって、えっちな本が気になったのか他の理由があるのかは知らないが、再度裕次と一平を含めた男子7人組があの廃ガレージに侵入したらしい。しかし今度は近所の大人達がその姿を目撃していたらしく、7人はお縄になり保護者や先生達からきついお説教をされたそうだ。

その時に俺やなお達の名前を出さずに隠し通したあたりは偉いとは思うが、俺があの場でした話は彼らの心には響かなかったらしい。なんとなくそれが悔しくて、もっと他人に伝わる話し方を考えないといけないいなと改めて思った。

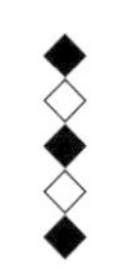

穏やかな小学2年生が終了し、小学校生活の前半最後の年である3年生がスタートした。
昨年度は特筆すべきことはないが、強いて言うなら木尾先生の尽力で誰一人脱落者を出さずに九九を覚えたのと、春秋にあった遠足で必ずクラスメイトの誰かが迷子になって先生と一緒に探し回ったことぐらいだろうか。
知らない場所で迷子になるというのは、子供にとっては非常に恐怖を覚える出来事だろう。どちらも俺が最初に発見したのだが、迷子になった児童はポロポロと泣きながら俺にしがみついてきた。こらこらそこの男子、自分より小さな女の子にしがみつきながら泣きじゃくるのはちょっと恥ずかしくないかい？　いや、いいんだけどさ。

　ちなみに春は女子で秋は男子だった。女子は2年生になってから転校してきた子で、これがきっかけで友達になってうまくクラスにも溶け込んだので、災い転じてなんとやらだと思う。男子は幼稚園時代から知っている子だけど、この一件以降何故か俺の方をチラチラ見てくるんだよなぁ。泣いた事を言いふらすなよという無言の圧力なのだろうか。

　そんなこんなで進級の風物詩といえばそう、クラス替えである。うちの学校はクラス替えが2年に1回なので、毎年クラス替えが行われるところに比べると、同じクラスの友達と一緒に過ごせる時間は長い。実際に入学から2年、一番仲がいいなおとふみかとは一緒に過ごせた。しかしながら、ついに今年クラスが分かれる事態になってしまったのだ……なおだけが。

　それを知ったなおは、もうびっくりするぐらい駄々をこねた。その暴れっぷりたるや、最高潮に気が立ったマウンテンゴリラのようだと言っても過言ではない。なおの名誉と女子としてのプライドのために詳細は伏せるが、校長先生の顔に痛々しいひっかき傷が2本も出来てしまったぐらいの大暴れだったとだけ言っておこう。血が滲んでめちゃくちゃ痛そうだった。あれ治るのにしばらくかかるだろうな。

　クラス替えというと、適当な教師たちはくじ引きなんかで決めてしまうという都市伝説を聞いたことがあるが、俺達の担任だった木尾先生もそうだけど神田先生も負けず劣らず真面目な先生だ。きっと児童の性格や交友関係を考えた上で決めたのだろう。

　こんなに幼い頃から交友関係が固定されてしまうというのは、将来的にみてもマイナスにしかならない。クラス替えというものは、それを防ぐために行われるのではないかと俺は思っている。クラスメイト全員と交流があるとはいえ、俺達は仲が良く3人で固まり過ぎていたし、何より俺への依存心のようなものをなおとふみか両名から感じていた。おそらく傍から見ている先生達にもそれは伝わっていたのだろう。

　なおとふみか、どちらが社交的かと言えば圧倒的になおだ。彼女ならひとりで別のクラスに放り込まれても、立派に友達を作ってやっていけるだろう。しかし引っ込み思案なふみかには、現状それは難しいミッションだと言わざるを得ない。

「なお、クラスが分かれても友達だし休み時間には遊びに行くよ。きっと次のクラス替えは3人で一緒のクラスになるよ」

　こう言ってなおをなだめた俺だったが、おそらくこの様子だとそれは難しいのではないだろうかと内心では思っていた。先程も言ったようにクラス替えは人間関係のリセットと再構築の練習だ。先生方の思惑としてはおそらく次のクラス替えでなおとふみかを一緒にして、俺ひとりを離すつもりだろう。人見知りのふみかを心配しているというよりは、多分だけど俺に対するそこはかとない不安が教師陣にはあるのかもしれない。

　第三者から見たら、俺はなおとふみか以外のクラスメイト達とは当たり障りなく仲良く過ごしているように見えたはずだ。だからこそ、このふたりと引き離した時にちゃんと友人作りができるのか、積極的に人の輪の中に入れるのかという部分を見たいのだろう。

と、ここまで偉そうに予想したのに全然違って、再度3人一緒のクラスとかだったらものすごく恥ずかしいな。でもいいや、俺もなおとふみかの3人でいるの心地良いし。

　なんて考えていたら、それどころじゃない事態が発生した。両親に嗜められてから数年、おとなしかった姉が久々にやらかしたのだ。

　事の始まりは4月中旬。そろそろゴールデンウィークにどこに出かけるのか、なんて話がちらほらと会話の中に出始める頃だった。

「すー、あんたに大きな封筒が届いてるんだけど」

母から手渡されたのは、A4サイズの書類が入る大きめの封筒だった。確かに宛名は俺で、書かれている差出人は……全日本美少女オーディション運営事務局？

きょとんとして首を傾げながら母を見ると、母も同じような様子でこちらを見ていた。

そのコンテスト名は知っている。数々の女優やアイドルを見出してきたオーディションだ。ずっと途切れずに続いているのかどうかは不明だが、2000年代に入ってもたまにエンタメニュースでグランプリを受賞した女の子のことが報道されていた。

ただわからないのは、何故そのオーディションの事務局から俺宛に封筒なんぞが届いたのかということだ。まったく心当たりはないし、わざわざ俺に尋ねるということは母も同じなのだろう。

よく知らないけれど、こういうのって他薦でも応募できるって聞くよな。ということは物好きな誰かが、俺の名前で勝手に応募したという可能性もあるのか。

「あっ、それ！」

母と俺が困惑しているところに姉が現れ、封筒を指差しながらそう言って近づいてきた。そして差出人を確認すると、嬉々とした表情で俺の方を見る。

「世界の広さってものを思い知ればいいのよ！　所詮アンタなんか井の中の蛙なんだからね」

姉は最近そのことわざを習ったのだろうか？　滅茶苦茶(めちゃくちゃ)にドヤ顔をしながらそんなことを言ってきたけれど、状況(じょうきょう)が理解できていないしどう返せばいいのやら。しかしどうやら姉の企(たくら)みによって、面倒(めんどう)事に巻き込まれかけているということだけはよくわかった。最近は姉が静かで平和な日々だったのになぁ。年齢(ねんれい)が上がって益々(ますます)性格が歪(ゆが)んできているようにも見える。

　母も姉がよからぬことを考えているのがわかったのか、俺にこの場にいるように言いつけた後で、姉を引きずりながら奥の部屋へと引っ込んでいった。おそらくこれから事情聴取(ちょうしゅ)という名の尋問(じんもん)が行われるのだろう。

　俺が変に首を突(つ)っ込んでもロクな目に遭わないだろう。ここはひとつ静観の構えでいこう。どうせ話があるにしても、父が帰宅してからだと思うし。

　予想は当たって、父が帰ってきて夕食を食べた後に家族会議と相成った。母から既に話は聞いているのだろう。父が姉を見る視線はかなり冷たい。

「それで、何故月子はすみれの名前で、こんな物に勝手に応募したりしたんだ？」

「……皆(みな)から可愛(かわい)いって言われて図に乗ってるこいつに、世界の広さを思い知らせてやるためよ」

　多分そんなことだろうとは思ってたけど、こうして姉の口から直接聞くとその陰険(いんけん)さを強く感じる。つまり芸能人レベルの容姿の良い人達が集まるところに、田舎者の俺を交ぜ込んで笑いものにしたかったと。

確かに近所の大人達とかまーくんとかなおやふみか達は俺の事を『可愛い』って褒めてくれるけど、でもそれってそういう美醜がどうのって意味での『可愛い』じゃないと思うんだよなぁ。確かに自分自身でも、贔屓目に見たら平均よりは多少見目がいいかなと思うことはあるけれど、芸能界でどうこうできるレベルではない。せいぜい良くて、クラスで可愛い子ランキングの上から5番目に入るか入らないかといったレベルだろう。

「デリケートな話題だから今まで言わなかったが、今回ばかりは限度を超えている。はっきり言うぞ、お前が現状デブでブスだからって、すみれを傷つけていい理由にはならんだろ。そんなことをしてもお前がすみれより可愛くなる訳ではないし、逆にみじめになるだけだぞ」

「やっぱり！　お父さんも私の事ブスでデブだって思ってたんだっ!!」

「短気を起こさずに話を聞きなさい！　お前は痩せれば可愛いと思うが、デブなのは事実だろ。デブだって言われるのが嫌なら痩せろ。だがお前はその努力もせず、悪意もない妹に対して逆恨みし、挙げ句の果てに妹を笑いものにして傷つけてやろうとする。それは人として最低の行為だぞ」

父と姉がギャーギャー言い争っているのをＢＧＭに、俺は送られてきた書類に目を通す。姉の心境とかその後の更生とか正直言って興味ないんだよね。転生してしばらくは情もあったし何とか仲良くなれたらいいなとは思っていたけど、ここまで逆恨みされて変に嫌われている状況が続けばその情もすり減るというもの。両親には生産者としての責任をとって、姉をちゃんと他人様に迷惑を掛けない人間に育て直してもらいたいとは思うが、その過程や結果は最早どうでもいい。

ふむ、どうやら書類審査は通っていて、次は面接と。どういう応募書類が必要だったのかは知らないが、どうやら姉がうまい事でっち上げたらしい。姉としては俺に恥をかかせる為には書類選考には通ってもらわないと困る訳で、かわいく見える写真を選んだのではないだろうか。2年ぐらい前に偶然撮れた奇跡の写真があるのだけど、提出したのは多分その写真ではないだろうか。小学3年生の俺の経歴ならそんなに詳細に書くこともないだろうし、あとはそれっぽく志望動機を書くだけならば姉ひとりでもできるだろう。

それはさておき、面接に合格した後はステージ上で審査員の人の質問に答えたり、歌を歌ったりして自己アピールするらしい。せっかくの機会だし経験として参加するのもいいのかもしれないけど、会場は東京だし難しいかな。

『すみれはどうしたいのか』と母に聞かれたので、先程考えたことをそのまま伝えると、少し考え込むようにした母が懸念をいくつか挙げた。

うちの親戚は西に偏っていて東の方にはいないから、宿はホテルを利用するため金銭的な負担が増えること。もし行くとすれば母が同伴してくれるそうだが、東京には行ったことがないので土地勘がないのも不安との意見だ。

俺は短い間だが、前世で東京に住んでいた事もあるので移動はどうとでもなるが、金銭的な懸念が理由にあると弱い。普通に過ごしているとなかなかできない稀有な経験だとは思うが、家計に負担をかけてまで我儘を通すつもりはない。

「お母さん達が決めていいよ、わたしはどっちでもいいから」

俺がそう言うと、今も姉と言い合いをしていた父がギロッとこっちを向いた。

「すみれ、行ってこい！　そんで優勝をかっさらってきて、世の中はこのバカ娘の思い通りにはならないってことを思い知らせてやれ！」

「バカ娘って何よ！　お父さんこそ妹を贔屓するバカ父じゃない!!」

「そういう考え方を性根が腐ってるっていうんだアホ！」

そうしてまた父娘は言い争いに没頭していく、どこからツッコめばいいのだろうか。とりあえず優勝は無理だと思うよ、お父さん。

そんな訳で突拍子のない姉の行動により、俺と母は今年のゴールデンウィークを東京で過ごすことが決定してしまった。

人間アラフォーにもなると、それなりに色々な経験をしている。例えば俺の場合は高校1年生の頃に声優になりたいと夢見て、バイトをしながら資金を貯めて養成所に通ったこともあった。

残念ながらその夢は破れてしまったが、週に一度同じ夢を追う人達と演技の勉強をするのは楽しかった。前の人生で一番、充実していたなと感じる思い出かもしれない。

何故そんなことを思い出しているのかと言うと、簡単に説明するなら現実逃避である。

「じゃあ次は泣いてもらおうかな……はい、さんにーいちキュー」

パン、と両手を打ち鳴らす目の前のおっさん。なんでそんなことをしなければいけないのか、などと文句を言っても仕方ない。何故なら現在、俺は面接の真っ最中なのだから。

ゴールデンウィークの前日、学校が終わってから母と一緒に新幹線に乗って、東京へ前乗りした。前世の平成末期では、もう鉄道博物館でしか見れなくなってしまった0系に乗って、一路東京駅へ。そう言えば新幹線の品川駅ってこの頃はまだなかったんだな。東京に住んでいた頃は大森が最寄り駅だったので、帰省する時によく使っていた。

ビジネスホテルで一泊して、会場へと向かう。6階建てのビルを一棟貸し切るって、バブル期とはいえお金の掛け方がすごい。東京の芸能界にとっては端金なのかもしれないが、田舎者かつ貧乏人の金銭感覚を持つ俺としては驚きと共に畏れを覚える。後から聞いた話だが100人以上の書類選考通過者の面接を1日で終わらせようというのだから、これくらいのスペースは必要だったのかもしれない。

面接は音楽プロデューサーだったり映画監督だったり脚本家だったり、そういう業界人達を前に二人一組で行われる。他にはプロダクションのスカウトマンとか社長なんかもいるらしい。応募者の目指す道のスペシャリストに当たるかどうかは神のみぞ知る、ということだ。まぁ主催者側は応募書類で志望動機を読んでいるから、それに合わせた振り分けにはしてるのだろうけれど。

保護者は別室にて待機とのことなので、母と別れて面接会場へと向かう。別れる際に『もしも変なことされたら大声出しなさいよ』と耳元でこそっと囁かれたが、さすがにこんな名の通ったオーディションでそんな馬鹿なことをしでかすようなバカはいないだろう。
とりあえずは小学生っぽく『変なことってどんな？』ときょとんとした表情で返したら、母は言葉に詰まった様子で手を振った。さっさと行ってきなさいの意味だろう。

　部屋の前に行くと俺より5つか6つぐらい年上の少女が扉の前に立っていたので、もしかしたら待たせてしまっているのかもしれないと思い慌てて駆け寄る。

「えーと、松田すみれさん？」

「はい、よろしくおねがいします！」

　案内係と書かれた腕章を付けた男性に尋ねられたので、ぺこりと頭を下げる。俺としてはキリッと大人っぽく挨拶をしたはずなのだが、舌っ足らずなのと声が可愛らしいせいでどうしても脳内でひらがなに変換される。同い年の子と比べても低めの身長と合わせてコンプレックスだったりするのだが、無いものねだりをしても仕方がない。

　どうやら少女は俺と一緒に面接を受けるみたいなので、同じくぺこりと頭をさげて挨拶しておく。緊張で表情をこわばらせていた彼女だったが、俺みたいな普通の子も参加すると知ってホッとしたのか、少しだけ笑みを浮かべた。この子が自薦か他薦かはわからないけど、さすがは書類選考を通過しただけのことはある。笑顔にドキリとする程に破壊力のある、かなりの美少女だった。

「私は伊藤かすみ。よろしくね、すみれちゃん」

「はい、こちらこそ！」

時間があるようならもう少しお話してみたかったのだが、どうやらすぐに面接が開始されるらしい。案内係の人に導かれるがままに、室内に入った。なんか就職の時に何度も経験した面接みたいだな。緊張感といい面接官の威圧感といい。

椅子の横に立ったが面接官からは座れとも名乗れとも指示が来ない。かすみちゃんも緊張のためか固まってしまっているので、面接官達と俺達ふたりのお見合い状態に陥ってしまった。仕方がないので俺から動くことにする。もし何か失礼があっても、子供の無邪気さに免じて許してくれるだろうという淡い期待も込めて。

「松田すみれと申します。本日はよろしくおねがいします！」

「あの、伊藤かすみです。よろしくお願いします！」

俺が元気よく聞こえるように言うと、かすみちゃんも最初は戸惑ったようだったが、それでもはっきりとした声で名乗りをあげる。すると3人いる面接官の中で一番若いスーツを着た男性がにっこりと笑って、『おかけください』と着席を促してきた。

まずは面接官の人達が自己紹介を始める。スーツの人が河合さん。芸能プロダクションのスカウトマンなのだそうだ。真ん中のセーターを着た中年のおじさんが音楽プロデュー

サーの石川さん、右端のハンチング帽を被った無精ひげのおじさんが映画監督の神崎さんとのこと。確かに神崎監督は前世でも名前を聞いたことがあるな。邦画の人気が下火になっているのに、オリジナル脚本で映画を作ってヒット作をいくつも世に生み出しているとかなんとか。

そしてこちら側の自己紹介へと進む。へー、かすみちゃんは神奈川出身なのか。高校1年生で歌手になりたくて応募したらしい。前世ではこのオーディション出身の歌手もいた記憶があるので、是非とも彼女には頑張ってその夢を掴んでもらいたいものだ。前の人生でたったひとつの成功体験すら得られなかった俺が言うのもアレなのだけど。

「それでは次に、松田すみれさん。自己紹介をお願いします」

スーツの河合さんにそう振られたので、俺は当たり障りのないところから自己紹介を始める。名前や年齢に出身地、そして姉が自分に黙って応募したので書類にかかれている内容とは違う部分も出てくるかもしれないと、予防線を張っておく。ただせっかくの機会なので挑戦してみる事にしたのだと、やる気を見せることも忘れない。ダメ元のつもりでやってきたけど、落とされるにしてもせっかくならいい印象を持ってもらいたいと思う。自分から積極的に相手に嫌われにいくなんて、マゾっぽい趣味などないのだ。

俺達の自己紹介が終わって、次は面接官からの質問タイムが始まった。明確に歌がやりたいと希望を言っていたかすみちゃんに、音楽プロデューサーの石川さんから具体的な質問が飛ぶ。どんな歌が歌いたいのかとか、目標にしている歌手だとか。逆に俺に対しては彼らも質問内容を掴みあぐねているのか、かすみちゃんの質問ついでに好きな芸能人や学校で流行っていることなどを聞かれるだけに留まった。

そして最後に自己ＰＲタイムが始まって、まずはかすみちゃんがアカペラで歌謡曲を歌った。これまでの受け答えでは少したどたどしい部分が見えた彼女だったが、歌手でやっていきたいという気持ちは本気なんだなと理解できてしまうぐらいに、力強く意思がこもった歌声を聞かせてくれた。

さて、次は俺の番だ。オーディションなのだからこういう自己ＰＲは必ず求められるだろうと、東京に行く予定が決まってからずっと、色々と考えてはいたのだ。最初はかすみちゃんと同じように歌を歌えばいいかなと思っていたのだが、この時代の曲ってあんまり知らないし、下手に平成の曲を歌ってしまって『その曲は一体⁉』みたいな変な注目を浴びたらややこしくなりそうだなと思い却下した。

変に新しいことをしても付け焼き刃になるだろうし、ここは身についているアレを披露しようと立ち上がって宣言する。

「『外郎売』をやります！」

俺がそう言うと、これまでほぼ俺と目が合わなかった映画監督の神崎さんが、ちらりとこちらを見た。他のふたりも意外そうな表情を浮かべている。

外郎売とは元々は歌舞伎の演目のひとつだが、現在ではその中の長台詞を演技者やアナウンサー達が滑舌の練習に諳んじる早口言葉のような扱いを受けている。しかし元々は歌舞伎の演目なのだから長台詞の中にもストーリーがあり、ただ読み上げればいいというものではない。薬売りの男が周囲の通行人に呼びかける、薬を売り込む、効能を伝える、そのどの言葉にも様々な感情が宿るはずだ。

「拙者親方と申すは、お立ち会いのうちにご存知のお方もござりましょうが！」

前世で俺が養成所で演技を学んだ時に、2年間お世話になった講師の先生が言っていた。大事なのはハートなのだと。上辺だけ取り繕った演技では人の心には伝わらない、というのが彼女の決まり文句だった。

この薬売りの男の状況や心情を読み込み、目の前の風景を想像し、どうやったら通行人の足を止められるのか。そんなことを考えながらあの頃の俺はずっと、この演目を練習していたのだ。

長いので途中で止められるかなと不安だったが、制止の声はかからず最後まで演じきることができた。刷り込まれた身振り手振りも自然と出て、額にじっとりと汗が浮かぶ。ありがとうございました、と頭を下げてから面接官達を見ると、何故かぽかんとした表情でこちらを見ていた。不思議に思ってかすみちゃんの方を見ると、彼女も同じような表情を浮かべている。

しばらく無音の中でどうしたものかとオロオロとしていると、神崎さんがパチパチとゆっくりとした拍手をくれた。その音で我に返ったのか、他のふたりの面接官も感心の色を顔に浮かべながら拍手に加わってくれた。隣を見るとかすみちゃんも拍手してくれていて、なんだかすごくそれが嬉しかった。

神崎さんは他のふたりに『ちょっといくつか彼女に質問したいのですが、いいですか？』と断ってから、俺に視線を向ける。

「今までに演技の勉強をしたことはあるのかい？」

「いいえ、ありません」

現世では、と心の中で小さく付け加えながら質問に答える。すると彼はますます興味深そうな表情で、無茶振りをしてきた。

「今からおじさんとゲームをしようか。おじさんが指示するから、松田さんはそれに合った顔をしてほしい。そうだな、見本を見せようか。河合くん、怒った顔をしてみて」

突然指名された河合さんがびっくりした顔をしながらも、さすがに逆らえないのかわざとらしく腕を組んで怒った表情を作る。なるほど、簡単なエチュードのようなことをしようという訳か。

前世でもこういう練習はたくさんしたので、俺は神崎さんに対して頷いた。怒った顔のままで放置されている河合さんは、可哀想なのでスルーしよう。

「じゃあ、松田さん。喜んだ顔してみて」

そう言われて、俺は前世で嬉しかった事をいくつか思い出す。現世でも嬉しかった思い出はいくつかあるが、感情の強度でいえば前世の出来事の方が圧倒的に強いのだ。その時の感情や空気、周りの景色を思い出していると、自然とそれが表情に出ていたようだ。神崎さんから次のお題を出される。

「うん、いいね。次は怒った顔」

同じ要領で次々出されるお題に応えつつも、段々と辟易としてきたところでやっと冒頭へと戻る。神崎さん……いや、もうおっさんでいいや。おっさんから泣けと言われたのだ。

『そう簡単に涙なんか出るかよ』と普通なら思うのだが、俺には泣くための必殺技があるのだ。前世で19年もの間、一緒に過ごした愛猫。その今際の際を思い出すと、すぐに目が潤み大粒の涙がこぼれ落ちる。

30秒もしないうちに涙を流した俺に、おっさんは『ありがとう、よくわかったよ』と俺に礼を言った。どうやらこのゲームはこれで終わりみたいだ……と、あれ？　ヤバい。涙が止まらなくなった。

「あ、ええと、これから３人で本選への合否を審査するので、おふたりは部屋の外でしばらくお待ち下さい。終わったら呼びますので」

　泣き止まない俺に慌てたのか、スーツの河合さんが早口でそう言って、俺とかすみちゃんに退出するように促す。部屋から出て備え付けられているベンチにかすみちゃんと並んで腰を下ろすも、壊れた蛇口から漏れ続ける水の如く涙は止まってくれない。

「うん、すみれちゃんは頑張った。頑張ったし上手だったし、だから泣かなくていいよ。大丈夫だからね」

　さすがに隣で小学生の女の子に泣かれたままなのは気まずいのか、かすみちゃんが自分のハンカチで俺の涙を拭いながら、よくわからない励ましの言葉をくれる。多分相当テンパっているのだろう。

　廊下を歩く他の参加者達にもジロジロ見られるし、かすみちゃんまで巻き込んで本当に申し訳ない。そんな思いは言葉にならず、俺は部屋の中に呼ばれるまで止まってくれない涙を必死になって止めようと努力するのだった。

かすみちゃんに慰められ続けること5分、ようやく止まって目端に溜まった涙を指で拭ってすん、と鼻をすする。

「……ごめんなさい、かすみさん。迷惑、かけちゃいましたね」

さすがにちゃん付けはまずいだろうと、さん付けに変えてお詫びを告げた。やっぱり前世でずっと一緒に暮らした愛猫の記憶は諸刃の剣だと、改めて思い知る。まぁ日常でこんな風に急に泣け、と言われるようなこともないだろうし、この技はもう封印するべきかもしれない。

「ううん、私は別に。それよりもすみれちゃんはもう大丈夫?」

「はい、どうしてか止まらなくなっちゃって」

苦笑しながら答えると、かすみちゃんも同じような表情でクスクスと笑う。それにしても久しぶりに演技をして、ものすごく気持ちよかったしスッキリした。もし現世でもう一度役者になれるチャンスがあるなら、今度は本気で目指してみるのもいいかもしれない。

「かすみさんの歌、ものすごく上手でした。まるで本物の歌手みたいだなって思いました」

「ありがとう、でもまだまだ頑張らないといけないんだけどね。すみれちゃんこそ演技が

とっても上手だったけど、劇団か何かに入ってるの？」

　俺が首をふるふると振って否定すると、かすみちゃんはすごく驚いていた。そりゃそうだろう、演技経験がない小学生女子が突然『外郎売』を諳んじたら、そしてそれが熱演と言ってもいい出来ならば俺だって驚くしビビる。俺の場合は前世での経験があるインチキだが、そんな子がいたら間違いなく本物の天才だろう。

　そこからお互いの身の上話をしていると、廊下の向こうからスタッフさんらしき人に先導されながらこちらに来る母の姿が見えた。あれ、保護者の控室みたいなところで待ってるって言ってたのに。

「すー、大丈夫⁉　お母さん呼ばれたから、何かあったのかと思って心配で」

　駆け寄ってきた母が俺の顔や体などを何か異常はないかと、手探りで確かめる。泣いたせいで目が赤くなっているのには一番に気付いたのだろう。ちょっとだけ母の雰囲気が固くなるのがわかった。

　そりゃあ面接を受けていた娘に涙の痕跡を見つけたら、一般的な母親なら怒りを覚えるだろう。面接官の人達に必要以上に怒りを向けないように、かいつまんで事情を説明しておく。話を聞いていくうちに怪訝そうな表情になっていく母。そりゃそうなるわな。

「演技？　外郎売？　あんた、どこでそんなの知ったのよ」

「えっと、図書館で見た本にあったの」

以前から何かボロを出した時の言い訳として図書館を使う事を考えてはいたが、まさかこんなに早く使う事になるとは。でもこう言われてしまえば、母としては納得するしかない。『変わったモノに興味を持ったのねぇ』とかなんとか言いながら、俺の頭をポンポンと撫でる。

「伊藤さん、松田さん、結果が出ましたので室内にお入りください。松田さんのお母様もご一緒にどうぞ」

ドアからスーツの河合さんが出てきて、俺達に入室するように促す。母も入れるということは、なんか俺についての話があるのかな？　何にしても怒られる系の話でなければいいけど。

先程と同じように俺達と面接官が対面するように座る。さっきと違うのは俺の隣に母が座っているところだけだ。

「おふたりとも、面接お疲れ様でした。早速なのですが、結果をお伝えしたいと思います」

そう言って河合さんは一枚の紙を手に取った。合格発表というのは何度経験しても嫌なものだ。高校受験や資格試験で何度も経験しているはずなのに、いつまで経っても慣れやしない。

隣をちらりと見ると、かすみちゃんが両手をがっちりと合わせて握りしめ、神様に祈るように目を閉じ祈りを捧げている。あの歌声は本当に気持ちのこもった良いものだったし、是非彼女には本選に残ってもらって、デビューへのチャンスを掴んでもらいたいと俺も思う。

「本選に参加してもらうのは、伊藤かすみさんです。おめでとうございます」

そう言われた瞬間、かすみちゃんは一瞬パァッと顔を明るくしたが、申し訳なさそうな表情で俺の方を見た。いや、せっかく面接を通過したのにそんな顔しなくても。本当に優しい子だなぁとほっこりしながら、俺は彼女の方を向いて笑顔でお祝いした。

「おめでとうございます、かすみさん。本選も頑張ってくださいね」

「あ、ありがとう、すみれちゃん」

なんだか戸惑った表情でそう言うかすみちゃんだったが、俺は別に無理はしてないし不合格という結果にも納得している。そもそもダメ元のチャレンジで、久々に全力で演技を披露して、その楽しさを再認識する事もできた。俺にとって、今回得た経験は貴重な物だったと思う。

「さて、伊藤さんにはこの後、明日の予定などを説明させて頂きます。松田さんはもうご退室頂いて結構ですよ……神崎さんもどうぞ、こういう我儘はこれっきりにしてもらいたいですね」

「……すまない、恩に着る」

んん？　退室を促されたのはいいけど、その後の不穏な会話がすごく気になる。とりあえず面接官の３人に『本日はありがとうございました』と挨拶をして部屋を出ようとすると、何故か神崎さんが一緒に付いてきた。

「松田さん、申し訳ない。話したいことがあるので、おじさんに少しだけ時間をくれないかな？　お母様もご一緒に聞いて頂きたい、大事な話なんです」

真剣な表情で頭を下げた神崎さんにひとまず了承を伝えると、神崎さんは俺達を連れて移動を始めた。向かった先は１階にある喫茶店。席はいくつか空いているが人目に付きにくそうな奥の席へと案内される。なんだかこれから変な取引でも行うような、変な緊張感すら漂ってきそうだ。

席について早々に神崎さんが『なんでも好きな物を頼んでくれて構わないよ、ごちそうするから』と言うので、お値段が１０００円を超える豪華なチョコレートパフェを注文した。前世でも現世でも甘いものは大好きだ。もっとも前世では物心ついてからずっと太っていたのを後悔しているので、現世ではカロリー管理と運動を心がけていてパフェなどは控えている。

でも、今日くらいはいいだろう。一生懸命演技したからかお腹もすいているし、新しいことにチャレンジした自分へのご褒美として今日は自分を甘やかす日に決めた。地元に戻ってからまた頑張ろう、うん。

注文した物が運ばれてくるまで、神崎さんは母に自己紹介をしていた。名刺を受け取った母が目を丸くして驚いていたので、この頃でも神崎監督はそれなりの知名度はあるのだろう。だが映画監督の顔なんて、テレビなどで度々見掛けるような一部の超有名と呼ばれる監督じゃないと、一般人は覚えていない。『この人は本物だろうか、自分達は騙されているのではないだろうか』という疑念が母の顔には浮かんでいた。

チョコレートパフェが運ばれてきたので、早速『いただきます』とスプーンを突っ込んで生クリームを口に運ぶ。おそらく平成末期のスイーツの方が質は高いのだろうが、生クリームが久しぶり過ぎて前世の数倍はおいしく感じた。噛みしめるように食べていると母達のコーヒーも運ばれてきて、神崎さんが一口飲んで喉を潤すと話を切り出した。

「まずは謝らせて頂きます。実は本当であれば、松田すみれさんは本選に出場するはずでした。容姿も愛らしいし、受け答えも隣にいた伊藤さんと遜色ないどころか、上回っていたと言っていい。そしてあの演技力、本選でもいい結果を残せる可能性は十分にありました」

「あの、でも娘は不合格なのですよね？」

　母が怪訝そうな表情でそう尋ねる。思いの外高評価だったことには驚いたが、事実として俺は不合格だと告げられた。それなのに神崎さんは合格するはずだったと言う。この食い違いは一体何なのだろうか。

「私が不合格にしてほしいと、他のふたりに頼みました。軽蔑されても仕方ありません。私は自らの私利私欲の為にすみれさんを不合格にしました」

　平成の半ばぐらいから放送されていたドキュメント色が強いオーディション番組では、いくつものカメラを導入し、参加者達のオフショットや面談の様子などがテレビを通じて視聴者へと流れていた。しかしこの時代のカメラは大型で、隠し撮りには向かないし非常に高価だ。面接官の彼らや私と母が口をつぐめば、一般の人達に今日の面接の様子は伝わらず、知らされるとしても結果だけになる。どういうやり取りがあってどんな評価がされたのか、そんな詳細は一切伝わらない。つまり結果を改ざんしたり、都合の悪い事を握りつぶしたりするのはある程度容易だということだ。

　ただ最後の河合さんの様子を見るに、こうしたやり口に忌避感はあるのだろう。あくまで想像だけど、今回の神崎さんの申し出は本当に稀なケースなのではないだろうか。それでも他のふたりが神崎さんの意に沿って行動したのには、余程の理由があるに違いない。

「神崎さんはなんでそんなことをしたんですか？」

俺はその理由が気になって、空気も読まずにストレートに尋ねた。隣に座っている母が少し慌てた様子で俺の口を塞いだが、言い切った後でやっても意味がないと思う。

「本当に君にはすまないと思って……」

「もう謝らなくても大丈夫です。ダメで元々の参加だったので、不合格という結果も受け入れています。私はただ、なんで神崎さんがそうしたのか、理由が気になるだけです」

私がそう言うと、本当に怒ってもいないし気にしてもいないことが伝わったのか、神崎さんは一度だけ頷いてからごくりと喉を鳴らして口を開いた。

「……君を主演にして映画を撮りたくなった。もちろんこのオーディションで入賞して名前と顔を世間に知られた方が箔がつくが、バラエティなどのテレビ番組への出演など役者以外の活動がメインになるだろう。もしかしたら歌手として歌を歌わされるかもしれない……それ自体は君自身も楽しめるかもしれないが、本当にやりたいこととは違うだろう？」

確かにテレビに出てバラエティ番組でおしゃべりしたり歌を歌ったり、その光景を想像すると楽しそうではある。でも、それが俺のやりたいことなのかと問われれば、違うとしか言えない。あくまで現段階の話だが、自分がやりたいことを尋ねられたら、真っ先に出てくるのは演技だ。これまで日常の忙しさに紛れて隠れていた俺の本当の気持ちが、今回の面接でよくわかった。

「売上をアップしたり話題になる為にはどうすればいいのか、新しい技術や斬新な演出など、映画を撮る時に最近はそういう小手先の方法ばかりをずっと考えて、なかなかしっくり来ないことが多かったんだ。だけどね、今日君の演技を見て初心を思い出した。映画監督として歩み出した頃の楽しかった気持ち、余計なアレコレに煩わされずに作品にのめり込むひたむきさ。全身で喜怒哀楽を表現する君の演技を、もっとたくさんの人に見てほしい。そしてその時にメガホンを持つのは私がいい、他のヤツには渡したくない。だから、君を不合格にしたんだ」

　見た目は神経質そうでクールな感じの神崎さんだが、その口からこぼれ出る言葉は熱い。まるで愛の告白かプロポーズみたいだ、と聞いていて思った。役者に対する監督からの口説き文句だと思えば、あながち間違ってはいないのだろうが。

「ただ、今の彼女はまだ荒削りの原石です。輝く為にはよい指導者に導いてもらって、磨いてもらわなければなりません。私にはその伝手があり、彼女に最高の環境を提供することができます。そうして彼女が成長している間に、私は映画制作のための準備をします。作品の構想やスポンサー集めなど、やらなければいけないことは山程ありますから、おそらく撮影開始までには数年は掛かるでしょう」

神崎さんはそう言って、ハンチング帽を脱いで母に向かって深く深く頭を下げた。

「どうか、すみれさんを私達に預けては頂けないでしょうか。お願いします、この才能を育てて花開かせたいのです」

俺は少しだけ寂しくなってきている神崎監督の頭頂部を見つめながら、やってみたいという思いが湧き上がってくるのを感じていた。

前世では絶対に得られなかった縁。それが自分の演技がきっかけで繋がり、更に自分の素質を求めてくれているなら、挑戦したいと思うのは自然なことではないだろうか。

でもそれと同時に、この提案は通らないだろうなと直感で察していた。何しろ決定権は俺ではなく母にある。そしてうちの母には人として重大な欠点があるからだ。

「……頭を上げてください、お話はわかりました」

隣から静かな声で母が言った。おそらく色よい返事を期待したのだろう、監督が笑顔で顔を上げて母の表情を見た瞬間、ピシリと音を立てて固まった。自分から盗み見する気も起こらないが、母の表情は想像できる。恐らく怒りを顕にしているのだろうから。

「母親から娘を取り上げる、つまり家族をバラバラに引き離す、そういうお話でしたよね。よくもまぁ、そんな酷いことを母親である私に言いましたね、あなた」

その怒気に少し引いた神崎さんだったが、母は追撃の手を緩めない。色々と言っていたが要約すると、『私にとって非常識なことを、私や娘に求めないでくれ』という一言につきる。

うちの母は基本的に愛情深い人だとは思う。だが基本的に自分こそが基準であり、自分の考えや常識から外れたらすぐさまそれを否定する。そして、絶対にそれを認めない。小学生の頃に死にかけ、周囲の人達に気を遣われ続けて歪に成長してしまったのだろう。それは哀れだとは思うが、それが原因のひとつで精神を病んだ俺としてはたまったものではない。

他人の気持ちを慮れない母と、『いつ死ぬかわからないから』と子供の頃から言われ続け、その言葉通りに倒れ苦しむ母をずっと心配し続けてきた息子。周囲の人達には母親を気にしすぎだと言われることがよくあったが、目を離すと死ぬかもしれないと幼い頃から刷り込まれてきたのだ。既に習性と変わらない状況なのだから、毒だとわかっていても母の一挙手一投足を注視して受け入れ、自らを追い込むしかできなかった。

抽象的な話だから恐らく他者には理解はしてもらえないだろうし、エピソードを語り出すと長くなり恨み言のオンパレードになるのでここまでにしておこう。

そんな訳で、母という人間は自分が理解できない事柄を理解しようと努力すらしないし、自分が一番大事だから自分が傷つかない為には他人をどれだけ傷つけようと気にしない人なのだ。家族を大事にするというのも『家族は大事だ、夫には従い子は愛するべきだ』という彼女の常識によって、自らを縛り行動している可能性すらあると俺は思っている。

「す、すみれ君はそれでいいのかい？　君は演技が好きなんじゃないのか？」

段々と言葉に熱が入り、暴言を交えつつ断りを入れる母から助けを求めるように、俺に尋ねる神崎さん。余計なことは言うなという母からのプレッシャーを感じつつも、ここまで俺を買ってくれている人に、きちんと自分の気持ちを話さないのは失礼だし不義理だろう。

「演技は好きだし、勉強できる機会がもらえるならやりたいです。でもうちは貧乏だし、お金もありません。こちらに引っ越してくるにしても、お家を借りたり学校に通ったり、毎日のご飯にだってお金が掛かります。もちろん私には払えないので払ってもらうとしたら両親になるのですが、これだけ反対されていたら無理でしょうし」

「……すみれ、お母さんはお金のことで反対しているんじゃないのよ。芸能界なんてどう転ぶかわからない水物の世界なんだから、そんなところに大事な娘を送り込める訳ないじゃない」

「むしろ水物の世界だからこそ、今のうちに挑戦するのがいいとわたしは思うけど。だってもしも高校生ぐらいになってから芸能界を目指して失敗したら、そっちの方が大変でしょ。今なら義務教育だから学校も留年や退学にはならないし、無理だったとしても人生の立て直しはしやすいんじゃないかな？」

これは前世で声優を目指した自分の経験則だ。世の中の人と違う道を選んで異なるサイクルで就職をしようとすると、世間の風当たりは強いし求人に応募すらさせてもらえないしでめちゃくちゃ苦労した。特にあの頃は就職氷河期だったからね。第二新卒の扱いだった自分達は求人を募集しているはずの会社側からも、まるで毛虫みたいに嫌われたものだ。

「それはそうかもしれないけど……」

母は俺の反論に口を噤んだ。別に言い負かしたかった訳ではないのだが、結果として静かになった母に神崎さんはホッとした表情を浮かべる。そして意を決したように、母に話しかけた。

「松田さん、こちらを発たれるのはいつのご予定ですか？」

「明日の夕方の新幹線ですが、それが何か？」

「もしよかったら、それまでの時間を私に頂けないでしょうか。先程私が申し上げた、指導者に是非紹介したいのです。すみれさんがこちらに来てくれた時に、私達がご用意できる環境、あとは金銭的な部分もその者から詳細に説明させて頂きます」

『それを聞いてから自宅に持ち帰ってもらって、それから返事を頂いても決して遅くはないと思いますが』と神崎さんは言葉を締めくくった。明日は受かっていたら本選で、落ちたら観光する予定だったから、時間なんてどうとでも作ることができる。『どうせなら相手の条件を全部聞いてから考えればいいじゃん』と母に言うと、渋々ながら頷いた。多分自分の感情と理想の母親像が母の中でせめぎ合ってるんだろうな、面倒くさい人だ。

　そんな訳で明日の午前中に指定の場所で待ち合わせの約束をして、神崎さんとは別れた。母とふたり、微妙な雰囲気でホテルに帰りつくと、念のためにと多めに複数枚持ってきたテレホンカードを片手に母は部屋を出ていった。おそらく父に愚痴りに行ったのだろう。

　果たして明日はどうなるやら。面倒くさいことにならなければいいけど。ベッドに寝転びながらそんなことを考えていると、自覚はなかったけれど疲れていたのか、スゥッと眠りの世界に引き込まれていった。

そして翌日、待ち合わせ場所である桜上水駅に降り立った俺と母は神崎さんが来るのを待っていた。時間は午前9時過ぎ、神崎さんは本日もオーディション本選で審査員をする予定になっている為、早めの待ち合わせ時間になったのだ。

前世で一時は東京在住だったとは言え全く縁もゆかりもない場所だったので、早めにホテルをチェックアウトして向かった結果、待ち合わせ時間よりも30分も早い到着となった。それから10分後ぐらいに神崎さんが登場。俺達を待たせまいと早めに来てくれたそうだが、結果的に俺達より後に着いたことに恐縮していた。いやいや、こちらこそ時間の調整がうまくできなくて申し訳ない。

荷物は駅のコインロッカーに預けてきたので、ほぼ手ぶらで神崎さんの後を歩く。しばらく歩くと、何やら広くて高そうな家が建ち並ぶ高級住宅街の区画に入る。そんな中でも一際広い、日本家屋の大きな門の前で足を止める。

「ここです、ちょっとお待ち下さいね」

そう言って神崎さんはインターホンを鳴らす。門の傍らには昔ながらの木の表札に、大島と達筆に毛筆で書かれていた。キョロキョロと周囲を見回していると、門が開いてひとりの老婆が顔を見せる。

「おはようございます、トヨさん。朝から申し訳ない、話は通っていると思うんだが」

「はい、奥様から伺ってます。どうぞこちらへ」

トヨ、と呼ばれた老婆が俺達を中へと導く。中にも立派な庭があり非常に広い、裏のおばちゃんの家より断然広い。大きな本邸と普通の大きさの別邸があるみたいで、別邸の傍らには大きめのプレハブ小屋まで設置されていた。

そのまま玄関をくぐって差し出されたスリッパに履き替え、トヨさんの先導に従って家の中を歩いていく。するとトヨさんは重厚な扉の前で足を止めて、トントンとノックをした。

「奥様、神崎さんとお客様をご案内しました」

中からどうぞ、と短い声が返ってきてドアが開かれる。気軽な様子で入っていく神崎さんに続くが、さすがに無言でという訳にはいかないだろう。小さく頭を下げて失礼します、と挨拶してから中に入った。母もその後に続き、勧められたソファーに腰掛ける。そして対面に座る女性を見た時、驚きで『あっ』と声が漏れた。隣の母も同じような表情をしているのだろう。雰囲気で伝わってきた。

「はじめまして、松田すみれさんとお母様。私のことはご存知かしら、大島あずさと申します」

彼女はそう言って、にこりと笑った。その美しさにほぅ、とため息が漏れるが確か彼女

は40代、時代を考えると驚異的な若々しさである。特別なアンチエイジング効果のある化粧品でも使っているのだろうか。

「はい、存じ上げてます。日本を代表する女優さんですよね」

「あら、難しい言葉を知っているのね。利発な子は好きよ、私」

俺が答えると、リップサービスなのかどうかはわからないが、お褒めの言葉を頂いた。本来であれば顔を合わすこともできない雲の上の人だ。褒められたことで若干テンションが上がる。

大島さんは戦後に子役から芸能界で頭角を表し、国民的な女優となった人だ。映画やドラマ、時には歌なども歌いながら第一線を走ってきたパイオニア的な存在でもある。そして現在でも女優として芸能活動は続けているものの、自分でプロダクションを立ち上げて後進を育てていると小耳に挟んだことがある。前世の平成末期頃でも歳を重ねながらもピンシャンとされていた記憶があるので、きっと長生きされるのだろう。

そこまで考えて昨日神崎さんが言っていた、指導者という言葉が引っかかる。もしかして、いやいやまさか。

「お話は神崎さんから伺っています。お母様の懸念もごもっともでしょう。まずは私も彼女の演技が見てみたいと思いますので、すみれさんにはちょっと演じてもらおうかしら。

よろしくて？」

『神崎さんの予定もあるでしょうから、あんまり気持ちの準備に時間はあげられないけれど』と大島さんが言った。やっぱりそうなのか、こんなすごい人に素人の自分が演技なんて見せていいのだろうかという葛藤が一瞬浮かぶが、そんなものはすぐに消し飛んだ。唐突に降って湧いた幸運だが、それだけにテンションがぐんぐん上がっていく。

「やります、やらせてください！」

俺が前のめりにそう言うと、『じゃあそこでお願いね』と俺が今座っていたソファーの横にあるスペースを手で示される。『お母様も是非こちらで』と声を掛けられて、遠慮がちな様子で大島さんの隣に移動する母。

とは言え、俺が自信を持って即興で演じられるネタなど、昨日演った外郎売しかない訳で。昨日も見た神崎さんにはワンパターンで申し訳ないが、これで押し通すしかない。

深呼吸を二度ほど繰り返した後、俺は昨日と同じように口火を切った。こうなると先程まで感じていた大島さんのプレッシャーも、母の視線も全く気にならない。かと言って独りよがりな演技ではない、観客に見せるための演技を心がけて。伝えたい、伝わるようにと想いをセリフに込める。

全てのセリフを言い終えた時には、昨日よりも汗が全身から吹き出していた。でもその甲斐あって、演技の出来自体は昨日よりもいいと自分では思う。『ありがとうございました』と対面にいる大島さんと母達にぺこりと頭を下げてから、正面を見据えて大島さんからの評価を待つ。

「なるほど……トヨ、ユミを呼んで頂戴。昨日のうちに話はしてあるから、案内をお願いしたいと言えば伝わると思うわ」

彼女はふむ、と小さく頷いてから後ろに控えるトヨさんにそう指示を出した。それに従い俺達に一礼してトヨさんは退室する。

「神崎さんはもう行っていいわよ、うちの車で送らせるから門の前で待っていて頂戴。お母様とはお話ししたいことがあるから、すみれさんはその間ウチの施設でも見学しててもらえるかしら。ここで演技を勉強している子に案内させるから」

大島さんはテキパキと指示を出すが、あれ？　俺の演技への評価は一体？　そんなことを自分から言い出す図太さもなく、俺は部屋に入ってきた中学生ぐらいの少女に連れられて、見学ツアーへと強制的に出発させられるのだった。

ショートカットの女の子に手を引かれながら、大島邸の中を歩く。大きな窓から庭が見える縁側に差し掛かったところで、女の子が足を止めた。

「強引でごめん、早く行動しなかったら大島さんに怒られるんだ。あの人せっかちだから」

苦笑しながらこちらを振り返る彼女。こうして相対して見たらイヤでも分かる美少女感、きっとモテるんだろうなぁと考えながら首をふるふると振る。

「松田すみれです、よろしくおねがいします」

「私は栗田由美子、呼ぶ時はユミでお願い。古臭くて嫌いなんだ、子って付く名前」

唐突なお願いに戸惑いながらも、俺はその言葉を頷いて受け入れた。本人がわざわざそうしてほしいと申告しているのだ。それを拒否して嫌がらせをする程悪い性根はしていない。変わったこだわりだなとは思うけど、そう言えばうちの姉も前世で自分の名前を嫌ってた時期があった事を思い出す。多分似たような理由なのだろうが、本人にしかわからないこだわりポイントがあったのだろう。

「ユミさんは、ここで演技を勉強しだして長いんですか？」

「ここは1年ちょっとぐらいかな。その前はずっと児童劇団にいたんだ。今のところ中学1年生の私が一番後輩で最年少だから、もしすみれちゃんが来てくれたら後輩が出来て嬉しいよ」

ユミさんいわく、現在この家の別邸にて生活しながら演技の勉強をしているのは４人で全員が女子だそうだ。年齢は一番上の人が25歳、下はユミさんで13歳。関東出身者ばかりだそうだが、東京に一極集中している日本の芸能界を考えると、不思議ではなく納得できてしまう話だ。やはり東京に近いところの方が業界関係者の目に留まりやすい、そういうことなのだろう。

「あの、わたし……大島さんの前で演技をさせてもらったんですが、合格とか不合格とか言われてなくて」

俺がそう言うと、ユミさんは何やら納得顔でうんうんと頷いた。『そう言えば私の時もそうだった』なんて言いながら、クスクスと笑う。不安そうな表情を浮かべていたのだろうか、ユミさんが俺の背中をポンポンと叩いてから、優しい声色で説明してくれた。

どうやら大島さんは入所審査として必ずあの応接室で演技をさせて、合格ならば内部の施設を案内し、不合格ならばそのまま帰らせるらしい。それに当てはめると俺はどうやら合格をもらえたみたいだが、正直なところ実感はない。きょとんとしている俺の背中を押しながら、ユミさんは案内を再開する。

本邸と別邸は渡り廊下で繋がっていて、キッチンも完備されている。これなら自炊もできそうだなと思ってステンレスの流し台に目を向けると、隅っこや水が掛からないところに少しだけホコリが積もっている。蛇口から水を流した跡はあるから利用はされているみたいだけど、料理などの本来の目的では使われていないのではないかな。

「皆さんはあまりお料理しないんですか？」

「あーダメダメ、4人全員料理とかは全然できないよ。ご飯も洗濯もトヨさんにお世話になりっぱなし、まぁ簡単な掃除ぐらいはするけど……トヨさんの合格点には全く届かないみたいで、週1ぐらいでトヨさんが掃除をやり直してる、かな」

思い切って聞いてみると、この時代の女子としてそれはどうなんだという答えが返ってきた。本人達がそれでいいなら何も言わないけど、老骨に鞭打って家政婦業を頑張っているトヨさんがなんとなく可哀想に思えてしまう。万が一俺がここでお世話になるようなことがあれば、極力彼女に迷惑を掛けないように努めようと思った。

1階にはキッチンの他にお風呂場や洗濯場、あとは板張りで正面の壁のみが鏡張りになっている稽古場があった。想定の利用者が少人数だからかそこまで広くはないけど、10人程度なら同時にダンスぐらいは普通に踊れそうだ。

2階と3階は生活フロアになっていて、大きなブラウン管テレビが置いてある広めのリビングと、あとは入所者それぞれの個室が並んでいる。ドアには鍵も付けられていて、マスターキーを持っている大島さんと入居者しか入れないそうだ。合鍵複製は禁止で、失くしたらペナルティもあるらしい。その内容については教えてもらえなかったけど、ユミさんの顔色を見ていたら結構重たいものなんだろうなとなんとなく察した。

「家の中はこんな感じなんだけど、すみれちゃんは他にどこか見たいところある？　大島さんからは1時間ぐらい案内に時間を掛けててほしいって言われててね、でもそんなに見る場所なんてないよね」

いくら広いとはいえ建物の中だ。どれだけ時間を掛けたとしても15分程度で案内が終わってしまうのは仕方がないことだろう。案内というのは口実で、大島さんが俺抜きで母と話したい事があるのかな、となんとなく思っていた。昨日の母の様子を神崎さんからも聞いているだろうから、大島さんも説得に加わってくれるつもりなのか、それとも別の意図があるのか。まだまだ彼女について知らないことの方が多い俺には見当もつかなかった。

わからないことをいくら考えても仕方がない。俺はすこしだけ考えた後で見てみたい場所を思いついた。ただちょっと言いにくいところだったので、わずかに口ごもりながらユミさんに聞いてみる。

「あの、ユミさんのお部屋って見せてもらうことはできますか？　実際に荷物が入っている状態で、どれくらいの広さなのか見てみたい、です」

ユミさん曰く、入所者の部屋はまったく同じ広さで、8畳ぐらいの洋室らしい。空き部屋は鍵が掛かっているので入れないけれど、そこに家具を入れたらどれくらいの広さなのかとか雰囲気とか、実際に使っている部屋を確認したかったのだ。決して女子中学生の部屋を覗き見したいとかそういう意図はないので、そこは強く否定しておきたい。

快く受け入れてくれたユミさんと共に、早速彼女の部屋へと向かう。ユミさんが住んでいるのは3階だそうで、入居時に空き部屋が複数あれば好きなところを選べるそうだ。ユミさんの場合は上の階からの騒音を気にしなくていいように3階を選んだそうで、中学1年生なのにしっかりしてるなぁと思わず感心してしまった。

「散らかってるけど、どーぞ」

ドアを開けた先にあったのは、なんとも女の子らしい部屋だった。白いベッドフレームと赤いチェックの掛け布団カバーが派手ではあるが、犬のぬいぐるみやチェストの上にある小物などが俺には無い確かな女子力を感じさせる。ユミさんは折り畳み式の簡易椅子を俺に差し出して、自分は勉強机に備え付けてあるコロコロと動く椅子に腰掛けた。

「あそこが結構大きなクローゼットになってるから、服以外であんまり使わない物は放り込んで隠せるよ。あれがなかったら私の部屋は足の踏み場もないくらいに、もっと散らかってたはずだから」

冗談めかして言うユミさんに釣られて、俺も思わず木目調になっているクローゼットの折れ戸に目を向ける。一体あの中にはどんな量の荷物が詰め込まれているのか。きっと聞かぬが花なんだろうな。我が家も狭いからぎゅうぎゅうに荷物が詰め込まれている収納が多いので、親近感を覚える。

ユミさんは特に話下手ではなかったけれど、ここでの暮らしに興味が尽きない俺の方からたくさん質問をしたこともあって、ぽつりぽつりとではあるが会話が途切れることはなかった。ユミさんは去年の新学期と同時にこちらに引っ越してきたそうで、1年だけここから徒歩15分ぐらいのところにある小学校に通ったらしい。セーラータイプの制服で、紺地に白のラインの冬服と白地に紺のラインの夏服の2種類があるそうだ。

実物を見せてもらいながら説明を受けたのだけど、うちの学校の制服は可愛くないしセーラー服には少なからず憧れもあったから、ちょっと着てみたくなった。でも昨日の母のあの様子から察するに、ここで勉強する許可は出ないだろう。俺が何をどう言おうと日本の法律において、瑕疵がなければ親権者の立場というものは強い。前世の平成末期に比べればまだまだ子供の権利が軽かった時代だ。あんまり無茶もできないししたくない。

それに万が一許可が出たとしても、引っ越しすることになればなおやふみか達と離れ離れになってしまう。死に別れる訳ではないので帰省の際に会って遊ぶ事はできるだろうが、やはり物理的な距離が離れてしまうと心の距離も離れてしまう。文通などで連絡を取り合っていても、頻繁に顔を会わせていなければ疎遠になってしまう可能性が高くなる。それは仕方ないこととは言え、想像するとやっぱりすごく寂しかった。

「ユミさんは転校した時、前の学校の友達と会えなくなってさみしくなかったですか？」

なんとなく経験者の話を聞きたくなって、唐突な質問をユミさんにぶつけてしまう。ユミさんは『んー？』と少しだけ考えてから答えてくれた。

「私の場合は、地元が電車で日帰りできるところにあるからね。新しい学校に転入する時は緊張したけど、特に寂しいとは思わなかったよ」

それを聞いて、確かに関東と関西では距離が違いすぎるのだから、ユミさんとは前提条件が違うなと反省する。自分がやりたいことと大事な友達、二兎追う者は一兎をも得ずなんてことわざ通りに両方は掴めないのかな。俺はまだまだふたりにまとわりつく気満々なんだけど、あっちが嫌になったら離れざるを得ないしなぁ。あぁ、なんか思考がネガティブモードになっている。

そんな俺の思考を断ち切るように、トントンと部屋にノックの音が響いた。ユミさんが返事をしてドアを開けると、そこにはトヨさんが温和な笑みを浮かべて立っている。

「ユミちゃん、案内ご苦労さま。松田さん、奥様がお呼びですのでご一緒してもらえますか？」

そう言われて壁に掛かっている時計を見ると、そろそろ時刻は午前11時になろうとしていた。いつの間にかそんなに時間が経っていたことにびっくりしつつ、俺は慌てて返事をして立ち上がる。椅子を片付けようとするが、ユミさんにそのまま置いておいてと指示された為、お言葉に甘えてそのままにさせてもらう。

トヨさんから忘れ物がないように言われて、どうやらもうこの部屋には戻ってこないことを察する。ということは、ユミさんともこのまま会わずに帰るかもしれないので、俺はくるりと振り返ってユミさんにぺこりと頭を下げた。

「案内してくれてありがとうございました、あとお話も。いろいろ参考になりました」

「ううん、こっちこそ。もしここで一緒に暮らすようになったら、仲良くしてね」

ユミさんが差し出してくれた右手をしっかりと握り返した後、俺はトヨさんに続いて部屋を出た。

応接室に戻ると大島さんに手招きされ、母が座るソファーの隣に腰掛けるように促される。対面には大島さんが座り、何やら三者面談みたいな雰囲気になっていた。

　トヨさんが俺の前に紅茶が入ったカップをそっと置いてくれる。そう言えばユミさんとずっとお喋りしていて喉が渇いていたことに今更ながら気付き、こくりと一口飲むとほんのりとした甘さが口に広がる。

　砂糖を多めに入れておいてくれたんだな、と気遣いにほっこりしながらカップを置くと、それを見計らったように大島さんが話しかけてきた。

「ユミはどうだった、仲良くなれそう？」

「はい。ユミさん優しくて、色々と教えてもらいました」

『それならよかった』と答えた後、大島さんは少し間を置いてから俺を正面から見据えた。その眼力に俺の意思とは関係なく、体が緊張したように固くなる。蛇に睨まれた蛙っていうのはこういう感じなのか、なんて脳内で考えながら彼女の次の言葉を待った。

「単刀直入に聞くけれど、すみれさんはどうしたい？」

「どうしたい、とは……？」

　唐突過ぎて彼女の言葉の意味が理解できず、オウム返しに聞き返してしまった。失礼な行為だとは思うが、彼女の真意がわからないのだから仕方がない。

「ここで演技の勉強、したい？　さっき見せてもらった演技は、素晴らしかったと思うわ。あなたがもっと学びたいと言うなら、私は全力で支援しようと思っているの」

非常に想いのこもった言葉に、思わず目を瞬かせる。おそらく彼女の言葉に嘘はないと、直感的に思った。ならば俺も自分の気持ちを正直にぶつけるべきだろう。こくりと喉を鳴らしてから口を開く。

「やりたい、です。でも……」

「でも？」

「わたしの家にはお金がなくて、東京で暮らすのも学校に通うのもたくさんのお金がかかります。以前から入る高校は公立じゃないとダメだ、もし落ちたら中卒で働きなさいと言われている身としては、両親にはそんな無理は言えないです」

こんな風に言ったら金にうるさい両親に対する意趣返しと取られる可能性もあるが、別にそんなつもりはない。昨日神崎さんにも同じ内容のことを話したし、実際に我が家には必要最低限のお金しかないので、余分なことに使う金銭的余裕はないのだ。

ここで言う必要最低限というのは俺達の学費なども含まれるので、その日の生活に困るという程に困窮はしていないので念のために補足しておきたい。

大島さんはこれまで何度も俺や姉に言っていたことを、娘の俺に暴露されて憮然とした表情をしている母をちらりと見ると、小さくため息をついた。

「さっきの話もそうだけれど、娘さんにそんな風にプレッシャーを与え続ける育児が本当に正しいのかしら？　ねぇ、お母様？」

「……私も主人も親からそういう風に育てられましたので、それが正しいかどうかなんて考えたこともないです」

「本来なら他所様の育児に口を出す趣味はないけれど、このままだとこの子は成長していくにつれて歪むでしょうね。あのね、子供にだって自我があるの。それなのに自分には理解できない世界だからと、子供のやりたいことを妨害する。お金がないからと、子供の進路を自分達の都合の良いように狭める。そんなことをすれば歪むのは当然だわ、その歪みは成長するにつれて大きくなっていく。あなたはさっきこう言ったわね、私達があの子を育ててやってるんだって。だから娘も自分達の言う通りにするのが当然だって。違うでしょう、子供を望んで作って生んだのはあなた達夫婦であって、この子があなた達に生んでくださいお願いしますと頼んだ訳じゃないわ。子供に責任転嫁するのはおやめなさいな、みっともない」

嫌悪感を顕にしながら言葉を連ねる大島さんに、母はうつむいたまま言葉を発しない。おそらく俺がここに来る前に色々とふたりで話をしたのだろう。子役として大人の中に交じって世間の波に揉まれて自ら変化を求め受け入れて生きてきた大島さんと、自分の常識だけを羅針盤のようにして頑固に生きてきた母は例えるなら水と油。どれだけ言葉を重ねても平行線で、交わることはないのではないだろうか。

赤の他人にしてはかなり踏み込んだ言葉を口にした大島さんは、黙(だま)り込んだ母からこちらに視線を移した。

「すみれさんとしては、お金の問題が解決した場合はこちらに来て演技を学びたい。そういう認識(にんしき)でいいかしら？」

確認するように言う大島さんに、俺はこくりと頷(うなず)いた。親友ふたりと離れるのは寂しいけれど、手紙でも交流はできるし帰省の際には会うこともできるのだから、きっと大丈夫(だいじょうぶ)。逆に家族と離れることについては、特に寂しさや不安は感じない。多分前世で親元を離れて暮らした経験があるからだろう。その時に気持ちの上での親離れというか、巣立ちはもう既に済ませてある。

「では、私が金銭的な援助(えんじょ)をしましょう。もちろんあげる訳じゃなくて、可能な限りの返済はしてもらうけれど」

「それはすごくありがたいですが、でもなんていうか」

「話が自分にとって都合が良過ぎる？」

ああ、それだ。俺にとってのメリットはたくさんあるが、大島さんにとっては何の得もない提案だと思ったからだ。美味(おい)しい話には裏があるとは昔からよく言ったもので、これだけこちらに都合がいい話なら、きっと特大の落とし穴があるはず。俺にはそう思えて仕方なかった。

「安心してちょうだい、すみれさんにとって不都合なことはしないわ。大きくなって仕事のために体を差し出せとか、役者業と水商売を掛け持ちしろとか、そういう芸能界の悪い噂にありがちなことを言われた場合、相手には毅然とした態度で対処をしてしっかり守るわ。ただあなたは立派な役者に育ってくれればいい、やがて私の後継者のひとりとして色々な舞台を盛り上げていってくれればいいの。私はその為に養成所を作ったのだから」

小学生相手に何を言ってるんだこの人は、と内心では驚きと呆れが半々。でもさすがに9歳児がこの会話を理解したらおかしいので、俺は頑張ってきょとんとした表情を維持した。おそらく何を言われているかわかりません、という雰囲気を出せているはずだ。

「もちろん将来的に、色々な事情でリタイアする子達もいるでしょう。それはそれで仕方がない……ただせっかく見つけた原石が、自分の意思以外の物に気持ちを捻じ曲げられて、やりたいことにチャレンジすらできないというのは私にとって我慢がならないの。だから強いて理由をあげるなら、あなたへの援助は私のためにするということになるわね」

大島さんはそう言って小さく微笑んだ。なるほど、細かい理由はあんまり伝わってこなかったが、俺への援助が彼女にとって全くの善意ではなく、彼女なりのメリット目当てなのは理解できた。ここまで言ってもらっているのだから、俺としては是非とも大島さんの下で演技を学びたいと思う。後は母の許可が出るかどうかなのだが……。

ちらりと母の方を見ると、何やら思いつめたような表情をしている。そして何度か逡巡してから、やっとのことで母は口を開いた。

「本当に娘の身に危険はないんですか……？」

「約束しましょう。信用できないと言うのなら、法的に効力がある証書を作成してもいいわ」

しっかりと大島さんが頷くのを確認してから、母は俺の方に向き直った。なんとなくいつもと雰囲気の違う母に、俺も少し背筋を伸ばして姿勢を正す。

「すみれ……あのね、正直なところを話すと今もお母さんはこの人の言ってる事が理解できない。親子は一緒に暮らすものだし、子供は親の言うことを聞いてその通りにするのが一番幸せだろうと思ってる」

母の言葉に、俺は小さく頷く。母の言っていることの是非はともかく、昭和中期はこういう考え方が一般的だったのだ。その考えに則って育てられた両親が、同じ考え方を引き継ぐのも理解できる。

「でも、あんたがやってみたいって言うならやらせてみてもいいかなって、今はちょっと思ってる。でも、でもさぁ……」

その瞬間、すごい力でぐいっと引っ張られて、母の腕の中に閉じ込められた。その柔らかさにものすごく懐かしさを覚える。こんな風に母に抱きしめられるのはいつ以来だろうか。現世では赤ちゃんの頃は抱かれたりしてたが、こんな風に改めて抱きしめられるということはなかったように思う。ということは前世の子供の頃が最後だったのだろう。男だったから恥ずかしさもあっていつしか母と触れ合う機会は無くなっていたんだなぁと今更ながら思う。

「離れるのイヤだよ、娘と一緒に暮らせなくなるなんて……そんなのないよぉ」

そう言いながら母の腕に更に力がこもり、それと同時にその声にあからさまに判るぐらいに湿り気を帯びる。母の泣き声は昔から苦手だ。いつも気丈で我が道を行く母に泣かれるとこっちも不安になってどうしていいのかわからなくなる。母の涙が引き金になったのか、俺の目頭も熱くなる。涙が溢れないように、母の体にぎゅうっと自分の顔を押し付けた。

後から考えると大島さんには非常に申し訳なかったが、その存在を忘れてしまったかのように、俺と母はしばらく抱き合ったまま嗚咽を漏らし続けたのだった。

あれから冷静になった母と俺は、意図的ではないにせよ放置してしまった大島さんにお詫びをした。他人の前で大泣きするなんて、前世でもやらかしたことがない大失態だ。おそらく顔が赤くなっているだろうことを自覚しながら頭を下げる俺を、大島さんは微笑ましそうな表情で見ていた。

「もう一度、今度はお父さんを交えつつ、家族で相談してみて頂戴。いい返事を期待しているわね」

そう言いながら、大島さんは朗らかに笑って俺と母を玄関まで見送ってくれる。外玄関の前には大島さんが所有する黒塗りの高級車が停まっていて、俺達を東京駅まで送っていってくれるそうだ。なんとも至れり尽くせりな話である。

運転手さんがドアを開けてくれたので、お礼を言いながら俺と母は後部座席に乗り込んだ。シートがすごいフカフカで、本革張りで手触りがいい。前世で普通免許を取りたての頃に原付に乗っていて、踏切での一時停止違反を検挙された際にパトカーのリアシートに座った事があるが、あれと同じかそれ以上の高級感だ。

そんなしょうもない事に感動していると、バタンとドアが閉められて窓が自動で開く。

パワーウィンドウなんて平成末期では軽自動車でも当たり前に標準装備として搭載されている機能だが、この時代では高級車ぐらいにしかついていなかった。手でハンドルを回して窓を開ける車にしか乗ったことがない母が、急に開いた窓を見てビクッと体を震わせながら驚いている。

「松田さん……あなたは少し、自分とは違う意見を持っている人とも交流を持った方がいいわ。自分と違う意見の人に従え、なんてことは言わない。でも、自分とは違う意見を聞くことによって、色々と考えを巡らせるでしょう？　考えた結果がやっぱり自分が最初に持っていた意見が正しい、という答えでもいいのよ。一番ダメなのは、考えることを止めて思考を停止させてしまうこと。差し当たってもし何か悩み事や相談事があったら、私に電話をしてきたらいいわ。私に時間がある時に、そのことについてゆっくりお話ししましょう」

「……ありがたいお話ですが、でも大島さんのご迷惑になるのでは？」

大島さんの思いがけないお誘いに、母は戸惑ったように尋ねる。それを聞いた大島さんは、手をヒラヒラと振ってその言葉を否定した。

「迷惑なんていうことはないわ。私にとっても得るものがあるから。例えばあなたの考え方やあなたの喋り方、感情……それを知ることで、私の中にある演技の抽斗が増えたり、ね」

「そう、なんですか？」

「役者として様々な役を演じる際に、本物の人間の仕草や表情などはとても参考になるの。役者にとって人間観察はもう職業病みたいなものだわ。観察される側は気分が悪いかもしれないけれど」

大島さんはそう言って、今度は俺へと視線を移す。

「すみれさんは、しっかりとお父様に自分の気持ちを伝えていらっしゃいな。親の意向がどうこう、懐具合がどうこうなんて子供は考えなくていい。大事なのはあなたがやりたいかどうか、それだけよ」

頑張りなさい、と最後に付け加えた大島さんにこくりと頷くと、運転手さんがタイミングを計っていたのか窓が自動的に閉まって車がゆるりと動き出した。上品に小さく手を振る大島さんに俺は手を振り返し、母は振り返って深々と頭を下げる。

桜上水駅に戻って荷物を回収してからも、車は何事もなくスムーズに東京駅に着き、俺達は運転手さんにお礼を言って駅舎の中に入った。もうすぐお昼、という時間だったので飲食店は結構な混み具合だった。母と相談して、家族や友達へのお土産を選んでからホームで駅弁でも買って、新幹線の中で食べようという話になった。

結局ホームに上がる頃には母だけでなく俺も、両手に紙袋をいくつもぶら下げる、不格好な状態になってしまった。母は有名なひよこのお饅頭などを買い込んでいて、俺はなおやふみかを始めとするクラスメイトや千佳ちゃんにサブレを買ったりした。裏のまーくんちのは母が買っているので、俺はノータッチだ。

「すー、大丈夫？　お母さん、もう少し持とうか？」

「お母さんだってもう限界でしょ、大丈夫だよ」

気遣ってくれた母にそう返しながら、小さく微笑む。さっき大島さんのお宅で母と号泣してから、なんとなく母との気持ちの距離が以前よりも近づいていたような気がしていた。

前世での母への複雑な感情は、変わらずにこの胸の中にある。でもそれを今身近にいる母に重ねることは理不尽だし、八つ当たりに等しい行為だろう。ふたりは別の人間なんだと上辺だけでは理解していたけれど、きっと感情の部分は納得していなかったのだ。

あの時、俺を想って泣いた母を見た瞬間、自分の間違っている部分を誰かに突きつけられたような気がした。あちらの母の影ばかりに気を取られ、こちらの母のことをちゃんと見ていなかったのではないかと。

きっとそれは父にも姉にも言えることなのだろう。俺は前世の彼らを意識してばかりでこちらのふたりをないがしろにしてきた。ちゃんと見ているつもりだったが、それはつもりでしかなかったということだ。

前世での家族への感情は、きっと一生捨てられないだろう。でもそれを現世の家族にまで背負わせるのは、非常にアンフェアだ。もしも俺が彼らの立場だった場合、非常に理不尽だと思うだろう。自分がしていないことで恨まれるのも御免だ、きっとそう言うと思う。しばらくはまた同一視してしまうかもしれないが、これからは前世と現世を切り離して別々に分けて考えられるようにしなければいけないと強く思った。その上で現世でも家族が自分に理不尽を強いてきた場合は、その時に考えよう。今はこの甘やかな希望をただ信じていたかった。

新幹線に乗り込んでから駅弁を食べた後、そんなことをずっと考えていたからか、いつの間にか新幹線がもうすぐ降車駅に着くというところまで移動していた。車内アナウンスを聞きながら母と手分けして荷物を持って、デッキの方に移動する。

5月とはいえ、日が沈むと少し空気がひんやりとしている。ホームに降り立って人の流れに乗りながら改札口に行くと、その向こう側に見知った顔が立っていてこちらに向かって手を振っていた。

「あれ、おとーさん。どうしたの？」

「どうしたのって、お前達を迎えに来たんだよ。昨日のうちにお母さんから電話をもらってな、知り合いから車を借りて……ってすごい荷物だな」

俺の疑問に苦笑しながら答えると、父は自然に俺の荷物を手に持って、更に母の荷物の半分を引き受けた。とりあえず続きは車で話をする事にして、俺達3人は駐車場へと足を向ける。停まっていたのはセダンタイプの乗用車で、角ばった四角いフォルムにレトロな印象を覚える。でもそれは俺の中で平成末期の丸みのある車のフォルムが印象に強く残っているからであって、街にはこういう車が多く走っているのだから、これがメジャーなデザインなのだと思う。

トランクに荷物を積み込んで、俺は後部座席に座って母は助手席へ。ここから我が家までは高速を使っても1時間以上かかるから、話をするには充分な時間がある。ちなみに父は俺達を迎えに行くのに姉も誘ったそうだが、家で留守番していると断られたらしい。まだオーディションの結果もその後の話も姉には何も伝わってないそうだから、ここに姉がいないのはある意味好都合だと言える。

（この話を聞いた姉がどういう反応をするのか、正直なところ読めないんだよね。だから不用意に話すのは絶対に厳禁、ある程度準備を万端にしておかないと）

錯乱まではいかないと思うけど、癇癪ぐらいは普通に起こす気がする。けれども、もしも父が東京で演技の勉強をすることを許してくれるのならば、姉とちゃんと話す機会は今後あまりないかもしれない。たとえ姉とうまく和解ができなかったとしても、現世の姉とちゃんと向き合う為の道筋ぐらいは見つけておきたいと思う。

「それで、東京はどうだったんだ?」

　車をゆっくりと走らせながら、父が話を振ってくれた。さて、こちらの話し合いも俺の将来にとって非常に重大だ。しっかりと自分の気持ちを伝えなければ、と俺は居住まいを正してから口を開いた。

　オーディションは、残念ながら面接で落ちたことをまず最初に伝えた。けれども面接官をしていた映画監督の神崎さんが俺の才能を見出してくれて、女優の大島さんに面倒を見てやってくれないかと話を繋いでくれたこと。大島さんの前でも演技をして、東京で演技の勉強をしないかと誘ってもらったこと。そして何より大事な、自分はやってみたいと思っていることをルームミラーに映る運転中の父の横顔を見つめながら、しっかりと伝えられたと思う。

　うん、うんと相槌を打ちながら聞いていた父は、今後はこちらにポツリポツリと質問をした。母も気にしていた俺の身の安全や住む場所の事、金銭的な話。普段は子供のことを母に丸投げしている父としては、親としてまず心配になるだろうことを一通り懸念材料として挙げてくる。それに対して母が補足交じりに、大島さんに教えてもらったことを話していた。公正証書を作ってもいいと言った大島さんの言葉は、どうやら母にとっては信用する材料としては、非常に大きなものだったようだ。

「じゃあお前は、すみれを東京に行かせることについて、賛成してるんだな？」

「……うん、正直なところすごく寂しいし心配だけど、この子がやりたいなら挑戦させてあげたいって思ってる」

父が尋ねると、母は神妙な顔でそう言ってくれた。その答えを聞いた父は胸ポケットからタバコを一本取り出して、車に備え付けられたシガーライターを使って火を付けた。タバコを口にくわえた後に、深く吸い込む仕草をしてからたくさんの煙を吐き出す。

「いいんじゃないか、やってみたらいい」

重々しい仕草とは打って変わって、返ってきたのは軽い感じのそんな言葉だった。きょとんとする俺に、バックミラー越しの父はニヤリと笑いかける。

「大人になるとわかるが、子供の頃の夢がそのまま叶う確率なんて本当に低いもんだ。でもやってみないとその確率ってのはゼロのままだからな、まずはゼロを1％に上げるために頑張ってみればいい」

「……お父さんもちいさい頃、何か夢があった？」

父の意外な言葉にきょとんとしていたであろう俺は、ふと興味を覚えて思いついた質問をぶつけてみる。すると父はちらりとこちらに視線を向けてから、苦笑を浮かべた。

「お父さんはなぁ、車の製作に関わる仕事をやってみたかったんだよ。それで実家の近くにある工業高校に入ったんだが、どうにもついていけなくてな。なんとか必死に頑張って卒業は出来たが、希望する仕事には就けなかった。その後印刷機械のオペレーターとして大きな会社に入ったが身体を壊してな、その仕事を辞めて今の運転手の仕事に就いた訳だ」

ある意味では車に関わる仕事には就けたから、半分は叶ったのかもな、と父は笑った。この話は前世も含めて初耳で、初めて父と腹を割って話せた気がした。これからもこんな風に話ができれば、少なくとも前世よりは関係を悪化させずに付き合っていくことができるかもしれない。ううん、むしろそうして行きたいと強く思った。

両親からGOサインをもらってホッとしたのか、柄にもなく緊張していたらしい俺は急な眠気に襲われた。それでも頑張って父の話に曖昧に相槌を打っていたのだが、東京から戻ってくる際の人ごみや移動に体力を予想以上に消耗していたのだろう。いつの間にかまどろみにのまれてしまい、夢の世界に旅立ったのだった。

「すー、起きなさい。おうちに着いたわよ」

母のそんな言葉が聞こえてきて、眠りに落ちていた意識が徐々に浮上する。いつの間にか後部座席にうつ伏せで眠っていた俺は、また沈みそうになる意識をなんとか保ちながらゆっくりと体を起こした。

おぼつかない足取りで車から降りて自宅の方へと移動する。今日は晩ごはんを食べずに寝ちゃおうかな、なんて考えていたら俺が開ける前に玄関ドアがゆっくりと開いた。

「おかえりなさーい！」

明るい声と共に目に飛び込んできたのは、現世では見たことがないくらいの姉の満面の笑み。びっくりして夢現だった意識が覚醒して、一気に目が覚めたわ。それでもその衝撃が大きくて、警戒心も手伝って体の硬直がなかなか解けない。

「今日帰ってくるってお父さんから聞いたから、ちゃんと準備しておいたよ。ざ・ん・ね・ん・か・い」

なかなか動こうとしない隣の母と俺に焦れたのか、嬉しそうに言いながらぐいぐいと俺達を家の中に押し込もうとする姉。一音ずつ区切りながら残念会という言葉を楽しそうに言う姉を見て、『こいつマジで性格悪いな』としみじみと思う。すぐさま東京行きのことを話してその顔を曇らせてやろうか、と一瞬だけ意地悪な思考が頭をよぎるがそれではダメなのだ。まだ姉と向き合って本当の気持ちを聞いていない。何故姉はそれほどまでに俺を嫌っているのか。その理由を聞いた上で俺が姉と距離を取るなり、仲を修復するように努めるなり方針を決めるべきだろう。

　そんなことを考えながら家の中に入ると、ポテトチップスなどのお菓子が皿に入れられて並べられていて、傍らにはビンのオレンジジュースがあった。普段母の手伝いなどしない姉にとっては、なかなか手間が掛かっただろう。そう考えると動機はともあれ、俺と母を労ろうという想いは本物なのかもしれない。

「もう晩ごはんの時間なのに、こんなにお菓子用意して……お弁当買ってきたのに」

　母はため息をつきながらそう言いつつも、妹を労いたいと自主的に準備した心意気を尊重してあげたかったのか、特に姉を叱ったりはしなかった。父は『飯は飯、おやつはおやつ』というタイプなのであまりいい顔はしなかったが、それでも余計な小言は言わずに手洗いなどを済ませて席につく。もちろん俺や母もちゃんと手洗いうがいを済ませた。

「こほん……えー、それでは。妹の無謀な挑戦に敬意を表して」

「おい、月子」

　多分に毒の含まれた乾杯の言葉に、父が思わずといった様子で声をあげる。確かにそんな言葉で乾杯できるかとツッコみたくなるが、凹ませるつもりはなくても東京行きの話を聞いたら絶対に姉は凹むだろう。それとも荒れるだろうか……ともかく、最初からそんな状態になってしまったら、話をするどころではない。そう考えた俺は、父に目線で気にしないように合図を送っておく。ついでに首もふるふると振っておいたから多分意図は伝わっただろう。

両親と俺が音頭にのらずにお弁当をもそもそと食べ始めたからか、姉はつまらなそうに口を尖らせて自分も弁当を食べ始めた。近所にあるお弁当屋さんの食べ慣れた味に、なんだかホッとして地元に帰ってきたんだなぁと実感する。寝ていたのでお店に寄ったことすら知らなかったのだが、母はちゃんと俺がいつも食べている野菜炒め弁当を買ってくれていた。ここの野菜炒め、本当においしいんだよね。ちゃんと炒められているのに野菜がシャキシャキしていて、歯ごたえが心地よい。

姉はからあげ弁当で、両親は幕の内弁当だ。これらのラインナップも、いつものメニューなので目新しさはない。4人で静かに食事をしていると、不意に母が部屋を見回して小さくため息をついた。

「約3日いなかっただけでここまで汚れるなんて、明日は気合入れて掃除しなきゃね」

確かに埃っぽいし脱ぎ散らかした洗濯物とか、出したまま放置してある脚立とかが部屋のあちらこちらにある。これは結構大変そうだ。俺も明日学校から帰ってきたら手伝った方がいいだろうか。

そう思ってちらりと母を見ると、母は首を横に振って優しく微笑んだ。

「すーはなおちゃん達におみやげ持っていかなきゃいけないでしょ。大丈夫よ、お姉ちゃんに手伝ってもらうから」

「ええ～、なんで私がやらなきゃいけないの～？」

母の言葉に不満をあらわにした姉に、母の表情が菩薩から夜叉へと変わっていく。『散らかしたのはアンタでしょうが』『私だけじゃないもん、お父さんもだもん』『お父さんは毎日家族のために働いてくれているんだからいいの！』と母と姉の言い合いを聞き流しながら、目が合った父と顔を見合わせて苦笑を浮かべる。

そして全員が食事を終えて一息ついた後、いいタイミングだと思った俺は姉と腰を据えて話す事にした。

「お姉ちゃん、聞きたい事があるんだけど」

「……なに？」

ポリポリとポテトチップスを齧っていた姉が、不機嫌そうな表情で言った。いつもなら完全無視だろうから、今日の機嫌はいい方なのだろう。

「なんで勝手に私の名前でオーディションに応募したの？」

「何よ、一丁前に怒ってるの？　そのおかげで東京に行けたんだから、感謝されても怒られる覚えはないわよ」

挑発じみた事を言う姉だったが、それには乗らずじっと自分を見つめ続ける俺に気圧されたのか、ふいっと視線を逸らして気まずそうに言った。

「調子に乗ってるアンタの鼻っ柱をへし折ってやりたかったからよ。これで自分が田舎じゃ可愛いって言われてても、都会じゃただのブスだってわかったでしょ」

「……あのさ。お姉ちゃんはすぐわたしに調子に乗ってとか言うけど、わたしは自分が可愛いだなんて調子に乗った覚えなんかないよ」

もしかしたら自覚がなくてそういう態度をとっていたのかもしれないと、両親にも『わたし調子に乗ってる?』と確認する。するとすぐに両親は首を横に振って、それを否定してくれた。

それを見て旗色が悪いと判断したのか、姉はさらに言葉を重ねる。

「おじいちゃんやおばあちゃん達も、アンタが生まれてからアンタにばっかり構うしチヤホヤしてるじゃない。近所の人達もそうだし、私の同級生達だってそう。比べられて貶される惨めな私の気持ちがアンタにわかる!?」

前世で俺も経験したが、『お姉ちゃんは○○なのにあなたはあんまりね』などと余計な一言をぶつけてくる人は実際にいる。確かに勉強とか運動など、すぐにはどうこうできないことを揶揄されれば腹も立つと思う。でも身だしなみや生活態度のことなら努力すれば改善されていく可能性は高いし、他人にゴチャゴチャと陰口を言われることも少なくなるだろうに、何故そうしないのか。

「例えがおかしいかもしれないけど、お姉ちゃんは店員さんの接客態度がよくて自分が欲しいものがちゃんと置いてあるお店と、逆に店員さんの接客態度も悪ければ品揃えもダメで、お願いしても全然変わらないお店。どっちのお店の常連さんになりたいと思う？」

「……何の話？　そんなの最初のお店に決まってるでしょうよ。誰がそんなダメダメなお店を使いたいって思うのよ」

バカにしたように言う姉に、そりゃそうだよねと頷く俺。

「私とお姉ちゃんって、今のたとえ話のお店に似てると思うんだよね。私はちゃんと周りの人に礼儀正しくしようと常に心掛けているし、誰かに注意されたら二度と同じ事はしないようにしてる。お手伝いもお願いされる前から自分に出来ることを探すようにしているし、これをしてほしいって指示されたらすぐに動くよ。お姉ちゃんはどう？　近所の人にちゃんと挨拶してる？　おじいちゃんやおばあちゃんに色んなことを何度も注意されていたけど、すぐに直そうとした？」

『お母さんのお手伝いはどう？』と畳み掛けるように尋ねる。ちなみに祖父母は注意しても姉が一向に変わろうとしないので、すでに匙を投げて距離をとっている。そもそも孫に甘い祖父母が自分達から注意をするという時点で姉の行動は結構ヤバかったのだが、最近ではついに見放されてしまった。これは姉だけではなく、それまでにちゃんと言い含められなかった両親にも責任はあると思うが、今はその部分については置いておこう。

「わ、私はちゃんと……」

「ちゃんとやってる？　それなのになんにも変わってないよね。気に障ったらごめんなさいだけど、お姉ちゃんがそこまでの努力をしてるようにもわたしには見えない。それなのにわたしのことは『あいつはみんなにチヤホヤされて調子に乗ってる』とか勝手に決めつけて貶して、その上恥をかかせてやろうって嫌がらせまでされるのはすごく迷惑だよ」

東京に行って神崎さんと出会って、大島さんとも縁が出来たのは喜ばしい出来事だったが、それは結果論でしかない。更に今回ターゲットになったのが身内の俺だからよかったが、もしも姉に将来気に入らない人間が出来たとして、貶める為に今回と同じような手段で大変なことをしでかして法的責任を問われる可能性すらある。きつい言葉を使ってでも、ここで姉が変わるきっかけを作っておきたい。

「わたしを貶めてもお姉ちゃんの評価があがる訳じゃないよ。わたしとお姉ちゃんは姉妹であっても別の人間なんだから。お姉ちゃんが他の人からチヤホヤしてほしかったら、お姉ちゃん自身がもっと努力して変わらないとダメだよ。努力してるって言うなら、多分努力のやり方や向かっている方向が間違ってるんだと思う」

　俺がそう言うと、姉は怒りからか顔を真っ赤にしてこっちを睨みつける。そしてわなわなと震え出したかと思うと、ダンッと足を踏み鳴らして立ち上がった。

「アンタがいなかったら、私だってもっとマシな人間になってたわよ！　全部アンタが悪い、アンタさえいなかったら……っ!!」

「……わたしがいなければ、お姉ちゃんはお母さんのお手伝いも文句言わずにちゃんとする？　自分ができないことを他の人のせいにしないで、反省したりできるように努力したりできるようになる？」

「知らないわよ、なるんじゃないの!?　なんなのよ、アンタは……カチンとくることばっかり言いやがって」

　曖昧だが、これは言質を取ったことになるのだろうか。いいや、どうせ現状じゃ俺の言うことなんか素直に聞かないだろうし、このまま話を進めてしまおう。しかしなんというか、現世ではいくら関わりが薄かったとはいえ、家族に自分がいなかった方がよかったなんて言われるとやっぱりキツイな。前世で倒れてから両親に似たような罵声を色々と浴びせられたけど、あの時と同じぐらいにはしんどい。でもここで中途半端に話を終わらせる訳にはいかないし、もう少し頑張らないと。

「だったら、ちょうどよかったね。わたしは夏休みが終わる頃までにはいなくなるから、その言葉が嘘じゃないって証明してね。ちゃんとお父さんとお母さんに、お姉ちゃんの様子を確認するから」

「……はぁ？　アンタ何言ってんの？」

「オーディションで面接してくれた人達の中に映画監督さんがいて、その人からの紹介で大島あずささんって女優さんのところで演技の勉強をすることになったの。だから1学期が終わったら、東京に引っ越すから」

まさに呆然という言葉がピッタリと似合う表情を浮かべながら、姉は母へと視線を向ける。そして母は俺の言葉が正しいと太鼓判を押すように、しっかりと頷いた。

さっきまでオーディションに落ちたとバカにしていた妹が、実は関係者の目に留まっていたという衝撃。さらに貴重なチャンスをしっかりモノにして、東京という都会に引っ越すことへの嫉妬。想像でしかないが姉にとっては結構なショックがあったのだろう。ヘロヘロとへたり込みそうになっていたが、すんでのところで踏ん張り、そのままフラフラした足取りでリビングを出て行った。おそらく自分の部屋へ戻ったのだろう。

まさか血迷ったことはしないとは思うが、相部屋の自分としては危害を加えられたりしないだろうかと、そういう可能性を危惧してしまう。両親もその危険性に行き着いたのか、今夜から自分達と一緒に寝るように言ってくれたので、お言葉に甘える事にした。

「ごめんね、お母さん。勝手に1学期が終わったら、とか言っちゃった。まだ全然、予定も決まってないのにね」

「いいのよ、これから大島さんと色々細かい話は詰めるけど、多分そういうスケジュールになると思うから」

母はそう言うと、立ち上がって俺の方に近づくとそっと抱き寄せた。

「ごめんね、本当はお母さん達が言わなきゃいけないことなのに、すーに嫌なことを言わせちゃったね」

「……ううん、それよりもわたしがいなくなったら、お姉ちゃんとしっかり向き合ってあげてほしい。多分さっき言っていたみたいに、お姉ちゃんにとってわたしは本当にジャマだったんだと思うから。わたしがいなくなれば、お姉ちゃんも冷静になれると思う」

両親はこれまでもずっと姉を窘めていた。それでも変化が見られなかったのだから、きっと両親の言葉ではこれまでの姉の心には届かなかったのだ。でも今日、良くも悪くも強く意識している俺の言葉で、固く閉ざされた姉の心の扉を少しだけでもこじ開けられたと思う。俺にできることは本当にここまでだ。後は両親に任せよう。

「ありがとうな、すみれ。お父さん達、すみれが東京で頑張ってる間にちゃんとするから。月子のことはお父さん達にまかせて、すみれは自分のために一生懸命頑張りなさい」

俺のそんな気持ちが伝わったのか、父は真面目な表情でそう言って応援の言葉をくれた。正直なところこちらは何もしてないのに、逆恨みみたいな感じでずっと悪意を向けられているのも辛い。俺のためにも姉のためにも、そして両親自身のためにも頑張ってほしいと思う。

次の日の朝は、母の胸の中で目が覚めた。姉と決裂した現在の状況で姉を除いた家族3人で寝るのは、姉の孤立をさらに深める事になるかもしれないが、俺も自分の身が可愛い。

今の姉と同じ部屋でふたりだけで寝るというのは、ある意味自殺行為に等しいだろう。何しろあちらはかなり冷静さを欠いているのだ。下手をしたら危害を加えられる可能性だってある。

そんな俺の懸念をあざ笑うかのように、その日の朝に顔を合わせた姉はまるで俺の姿など見えていないかのように、自然に俺のことを無視した。どうやら最初に父に窘められた時のように、俺をいない者として扱うと決めたらしい。

姉と同居するのはとりあえず最大で3ヵ月ちょっとぐらいと予想しているので、俺としてはそれで姉が問題を起こさずにいてくれるならありがたい話だ。できるだけ刺激しないように、こちらも関わらないでおこう。薄情と思うなかれ、多分今はその時ではないのだと自分自身に言い聞かせる。

両親としてはもうすぐ離れ離れになる娘と、できるだけ一緒に過ごしたいという気持ちが強いのか、この後も俺が引っ越す日までずっと川の字で寝ることを譲らなかった。個人的にはこうして過ごすことで姉の家族内での孤立が深まるのではないか、悪手なのではないかと思って何度か両親と話もしたのだが、気にしないでいいと言われてしまえばそれ以上は口を挟めない。俺がいなくなった後に両親には頑張ってもらおう、と何度めかの定型文を思い浮かべて強制的に気持ちを逸らす。

「おはよー、ゴールデンウィークはどうしてたの？」

「おばあちゃんちに行ってたよ、そっちは？」

登校した学校では教室内でそんな会話があちこちでされている。俺もなおとふみかのふたりと同じような内容の会話をしていた。なおは祖父母の家で従兄妹達と遊んだらしい。ふみかは家族旅行で京都と兵庫に行っていたらしい。

俺も東京であった出来事を面白おかしく話したりして、始業前の時間は過ぎていく。もちろんまだ、東京に引っ越す話はしていない。ないとは思うけど、ふたりが泣いちゃったら大変だ。放課後に遊ぼうと誘うと、なおもふみかも嬉しそうに頷いてくれた。

どんな風に話を切り出そうかとか、もしも泣き出してしまったら、どうやって慰めようかとか。そしてふたりの涙にもらい泣きして、俺も一緒に泣いちゃったらどうしようとか。そんなことを考えていたせいで気もそぞろな感じで授業をやり過ごして、いつのまにか放課後になっていた。

一旦家に帰ってお土産を入れた紙袋を持って、待ち合わせ場所であるふみかの家に向かった。チャイムを鳴らして、出てきたおばさんに挨拶をしながらお土産を渡す。

「あらー、すみれちゃん。いつもふみかと仲良くしてくれてありがとうね」

「いえいえ、むしろわたしの方が仲良くしてもらってる方なので」

なんて友達の家に遊びに行った時によく聞かれる定型文をお互い交わしながら、家の中に上げてもらった。勝手知ったる親友の家。そのままふみかの部屋まで向かう。軽くノックすると、ドアが少し開いておずおずとふみかが顔を出した。そして俺の顔を見るとパァッと笑みを浮かべる。小動物みたいですごく可愛い。

「入っても良い？」

「……うん、いらっしゃいませ」

ドアを開けて部屋に迎え入れてくれる。中に入ると、すでになおも来ていてブンブンと楽しそうに手を振っていた。相変わらずの元気少女っぷりだ。

「ごめん、わたしが最後だったね。待たせちゃった？」

俺が手の平を合わせながら言うと、ふたりはふるふると首を横に振った。用意されていたクッションの上に座って、ふぅと一息つく。肉体はもうすぐ9歳という若さなのに、中身がおっさんだと動作も爺臭くなるのだろうかと自嘲しながら、真正面にいるなおに向き直った。

「これ、東京で買ってきたおみやげ。荷物になっちゃうけど、ご家族でどうぞ。ふみかも同じものをおばさんに渡してるから、またおやつにでも食べてね」

膝立ちになりながら紙袋を渡すと、なおは嬉しそうに『ありがとう！』と笑顔で受け取った。ちょっとだけ羨ましそうなふみかにフォローすると、彼女も同じように笑みを浮かべる。

「えっと、それであの……」

どう話を切り出すべきか、言い淀んでいる俺を不思議そうに見るふたり。なんとなく室内に微妙な空気が流れ始めたが、それを破るかのように部屋にノックの音が響いた。

ふみかが開けるとそこにはおばさんがいて、人数分のオレンジジュースが入ったコップと俺が持ってきたサブレが載せられたお盆を持って入ってくる。ふみかの学習机の上にお盆ごと置いて、『すみれちゃんのお持たせで申し訳ないけど』と一言言い添えて部屋を出ていった。

ふみかにコップを手渡されて、ストローを口に含んで少しだけ喉を潤す。なんとなく空気がリセットされたような気がして、もう一度意を決して口を開いた。

「あのね、なおとふみかに話しておきたい事があるの」

「……それって、いやな話？」

小首を傾げるふみかに尋ねられて、なんとなくギクリとしてしまう。それで何かを察したのか、ふたりは居住まいを正した。

「お姉ちゃんに勝手に応募されて、オーディションを受けに東京に行ったって話はしたよね」

ふたりがちゃんと正面から向かい合ってくれているのに、中身がおっさんな俺がいつまでも逃げている訳にはいかない。俺は覚悟を決めて、そう言葉を切り出した。話し出してしまうと、スラスラと言葉が出てくるのは不思議なものだ。この連休中にあった出来事を、順番に話していく。面接で演技をしたら映画監督の神崎さんに気に入られたこと、そこから女優の大島さんへと縁が繋がって、彼女の下で演技の勉強をしないかと誘われたことをなるべく明るいトーンで語った。

でもそれで誤魔化されてくれるふたりじゃない。この子達は他人の感情にも敏いし空気を察する能力も高い。

「すーちゃん、ここからいなくなるの？」

なおがいつもの明るさのない、淡々とした声で呟いた疑問に、俺はこくりと頷いた。

「でもすぐじゃないよ、多分夏休みぐらいに……」

その後に繋げた言い訳は、途中で空気に溶けるみたいに消えてしまった。だって目の前にいるなおの瞳からただ一筋、涙が零れ落ちるのを見てしまったから。

泣かれるかもとは思っていた。自惚れかもしれないけれどわんわんと泣いて、行かないでほしいと引き止められるかもしれないって。でもいつも元気で明るいなおが、声もあげずにポロポロと涙で頬を濡らしている光景を見ていると、想像していたよりも何倍も重い罪悪感がのしかかってくる。

でも、今更全部ひっくり返してやめる訳にはいかない。演技の勉強を諦める、なおとふみかのふたりを置いて転校する、どちらの選択肢を選んでもいつかは後悔するだろう。でもふたりとは距離が空いても、繋がりを持とうと思えばずっと繋がっていける。ふたりがそれを望んでくれるなら。けれどももう片方の選択肢は、選ばなければそこで道が潰えてしまう。こんなチャンスが舞い込むことは、そうそうないのだから。

「やだぁぁぁ、すーちゃんいなくなっちゃやだぁ」

意外にも泣きながら声をあげたのは、いつもは大人しいふみかの方だった。大きくかぶりを振って泣きじゃくるふみか、絶望したかのようにただ涙を零すなお、いつもとキャラが逆じゃないかと、そんなしょうもない考えが頭をよぎる。でも体は俺の意思を無視して勝手に動き出して、気がついた時にはふたりを抱きしめていた。

俺の体は小さくて、俺よりも背が高いなおはもちろん、同じぐらいの体型のふみかだってしっかり抱きしめることはできない。それでも衝動に任せてふたりの頭を胸許に抱え込むと、ふたりも俺の体に手を回してぎゅうっとしがみついてきた。

さっきから目頭が熱くて、それでも泣くまいと思って我慢していたけど、俺の涙腺も決壊して涙がボロボロ溢れ出す。嗚咽が漏れて喋りづらいけど、自分の気持ちははっきり伝えなくちゃ。

それから俺はふたりに訥々と、自分の想いを話した。とりとめなかったかもしれないけれど、一生懸命に。ふたりのことが大好きで、できればこれからも一緒に過ごしていきたかった。でもやりたい道が見つかって、今やらないと次に始めようと思ったらすごく大変で。だから引っ越しをすることに決めたのだと、新しい場所でチャレンジしようと決心したのだと、なるべくゆっくり心を込めて語る。

だんだんとふたりから嗚咽が聞こえなくなって、鼻をすする音が時々聞こえる以外に反応はない。どうだろう、俺の気持ちは伝わったのだろうかと不安に思いながら、俺も鼻をスンとする。

もぞもぞと胸許で顔を動かしてから、なおとふみかがほぼ同時に顔を上げた。目は赤く腫れぼったくなっていて痛々しい。でも多分俺も同じような感じになっているんだろうけど。

「……すーちゃん、わたし達これからもともだちだよね？」

「これでずっとお別れじゃないよね？」

不安げにそんなことを言うふたりに、俺は力強く頷く。何度も言うが、俺はふたりがイヤって言うまで彼女達と友達をやめるつもりはないのだ。

「ずっと友達に決まってるよ！　お手紙も書くし、電話だってするし。遠いからあんまり頻繁にはできないけどお正月とか長いお休みをもらえたら、こっちにも戻ってくるよ。だからその時は、一緒に遊ぼうね」

そう言うと、ふたりはホッとしたのか少しだけ笑みを浮かべて、またギューッと俺の体にしがみついてくる。だが残念ながら非力な俺では、ふたり分の体重はとてもじゃないが支えられない。３人でもつれ合うように、カーペットの上に倒れ込む。

何にも面白くないのに何故か笑いがこみあげてきて吹き出すと、ふたりもそれにつられて小さく笑う。俺達はしばらくそのままの体勢で、笑い合ったり他愛のないお喋りをしたりして過ごした。なんとなくふたりと離れ難かったのだ。ふたりの体温を感じられなくなるのが怖かったのかもしれない。

でも何の根拠もないけれど、これからもふたりとは友達として繋がっていけるような気がする。もちろん、俺達自身が繋がり続けるために努力する必要はあるだろうけれど。

俺の事情とふたりへの想いを伝えられてホッとしたのも大きかったのか、それともふたりのぬくもりに安心したのかはわからないけれど、俺達はいつの間にか眠りの世界に落ちていた。目が覚めた時には夕暮れ時で、俺となおは慌てておばさんに挨拶して家路を急いだ。家に着いた途端、母から目の腫れぼったさを指摘されたのは言うまでもない。恥ずかしいから詳しくは話さなかったけどね。

あれから俺は、普段とまったく変わらない日々を送っていた。学校に行って、放課後は図書館で千佳ちゃんと勉強したり、なおとふみかと遊んだりした。

千佳ちゃんにはお土産を渡した時に東京へ行くことは伝えた。急に図書館に来られなくなる可能性もあったからだ。すると千佳ちゃんからも驚くべき打ち明け話を聞かされた。

なんと千佳ちゃんが中学受験にチャレンジすることになったそうだ。

「今年担任になった先生から勧められて、親がすっかりその気になっちゃってね。確かにすみれちゃんと勉強をし始めてから勉強のコツがわかって、成績がすごく上がってたし。ダメ元で受けてみようっていうことになったの」

受かった場合は隣県の学校に通うことになるらしく、俺は素直に頑張れという気持ちを込めてエールを送った。勉強は出来ないよりは出来た方が絶対いいし、卒業した学校によって将来の選択肢は格段に広がる。たとえ不合格だったとしても、中学受験に挑戦したという経験は彼女にとっては絶対に無駄にならないだろう。失敗したという経験がトラウマになる可能性だってあるけれど、楽天的な千佳ちゃんならその経験をプラスにしてくれるのではないかと思う。

お互いに頑張ろうとエールを送り合って、千佳ちゃんと笑い合う。これまでは図書館に来れば会えていたからしていなかったお互いの家の電話番号や住所の交換をして、その日はお別れした。千佳ちゃんの未来が幸多くあればいいなと、本当にそう思った。

6月も半ばになると、俺の周囲もなんやかんやと慌ただしくなった。東京へ引っ越す日程も8月第一週の水曜日と決まったので、母と一緒に学校に出向いて先生に事情を話した。

今年の担任である神田先生は、1・2年生の頃は隣のクラスの担任だったので、当然ながらそれなり以上の面識はある。最初はにこやかに迎えてくれた神田先生だったが、話が進むにつれてびっくりの連続だったらしく、『しょ、少々お待ち下さいね』と言ってから席を立った。

応接室で待たされてしばし、戻ってきた神田先生はなんと去年の担任である木尾先生を連れてきた。なんだか興奮した様子で、対面のソファにふたりして腰掛ける。

「えっ、本当なの？　たった今、神田先生に聞いたんだけど、すーちゃん芸能界に入るの？」

「芸能界に入れるかどうかはわからないけど、スカウトされて東京に引っ越すのは本当です」

俺がそう答えると、何故だか先生達がキャッキャとはしゃいで『すごーい！』とか『サインもらっておかなきゃ』とか言っている。こんなにミーハーだったっけ、この人達。

「でもすーちゃんなら納得かな。礼儀正しいし受け答えも大人と同じようにちゃんとできるし、芸能界とかテレビに映る仕事には向いてると思う」

「そうね、松田さんはしっかり者だからね」

口々に俺を褒めてくれていた先生達だったが、急に木尾先生が表情を曇らせた。何事かと怪訝な表情を浮かべる母と俺に、声を潜めながら木尾先生が聞いてくる。

「でも本当に大丈夫なんですか？　スカウトってちゃんとしたのもあれば、嘘のスカウトで女の子によからぬことを強要するっていう事件も起こってるじゃないですか」

その質問を聞いて、今その可能性に気付いたとばかりに俺を見る神田先生。しかしこの神田先生の反応も仕方ないのではなかろうか。この時代ではそういう事件を表沙汰にしない事例が多かったし、ネットが存在してないのでリアルタイムで情報が共有されていないのだから。

心配してくれるのはありがたいが、今回はちゃんと信頼できるところからの話だから大丈夫だと母が説明するが、それでも先生達はまだ不安そうだ。仕方なく俺は大島さんの名前を出して、お世話になるのは彼女のところだと説明すると、再びミーハーモードに突入する先生達。

なんとかそれをなだめて、終業式当日まではクラスメイト達に言わないようにお願いして、無事に報告を終えることができた。手続き的には母が後日に記入しなきゃいけない書類がまだあるらしいが、この学校で俺がすべきことはこれで終わりだ。とは言っても転校先の学校には挨拶に行く必要があるので、これからの為にやるべきことはいくつもあるのだけど。

そして7月のはじめに、初めて転校先の学校を訪問した。担任になる予定の先生は女性で、なんというかクールでデキる雰囲気を持つ人だった。一緒に大島さんも着いてきてくれたので、説明が簡単に済んだのが非常にありがたかった。東京の人達は街中で芸能人を見掛ける頻度が高いからか、大島さんがいてもサインや握手を求めることはない。もしも俺が順調に子役として仕事ができるようになったら、色々と便宜を図ってくれるとのことなので色々と安心だ。

もちろんその後に、大島さんのところにも改めて伺って、トヨさんや運転手の人達にも『よろしくお願いします』と挨拶した。残念ながら寮生の人達は学校だったり仕事だったりで会えなかったが、大島さんが経営しているプロダクションのマネージャーさんとは顔合わせができた。前世でいうアラサーぐらいのキャリアウーマンという感じで、パンツスーツにビシッと身を包んだ安藤さんという女性だ。

他にもふたりの担当タレントを抱えているそうで、俺に挨拶すると安藤さんは慌ただしく仕事場へと向かっていった。彼女の持っていた手帳の中身がチラッと見えたけど、カレンダーがスケジュールの書きこみで真っ黒けだったから相当に忙しいのだろう。どうかこれからお世話になる俺のためにも、体を大事にして頂きたい。

出発の2日前、前世現世問わずにずっとお世話になっている裏のおばちゃんから『送別会をしてあげる』と誘われて、夕ごはんを兼ねてふた家族で集まることになった。もちろん我が家は狭いので、広いおばちゃんの家を会場として提供してもらっている。

残念ながら姉は頑なに参加しないと母に訴えたらしく、母が別に夕食を作って置いていたらしい。おばちゃんは母がそのことを愚痴ると『月坊にも困ったものねぇ』とため息をついていた。

何故か誕生日の時ぐらいしか食べる機会がない大きなケーキがドーンとテーブルの中心に置かれていて、その周りに色々なおかずが載った皿がいくつも並べられている。更に不思議な事にケーキの上に立てられたロウソクの火を消すように促されて、俺は頑張ってふた息ぐらいでなんとか全部の火を消し切る。それが合図になって、大人達はビールの入ったコップを『乾杯』なんて言いながらぶつけ合う。嬉しいけれど、もしかして誕生日と勘違いしてない？

まーくんのおじいちゃんとおばあちゃんからは、体に気をつけるように言われて頭を撫でられ、おじさんとおばちゃんはお祝いと称して分厚い封筒を渡そうとしてきたが、両親と一緒になんとか固辞する。もしかしたら中身は現金ではないのかもしれないが、これからのご近所付き合いを考えるとすんなりと受け取れる物ではない。もしも中身が札束だとしたら、おそらく３００万円は下らないのではないだろうか。

「すー坊は私達の娘も同然なんだから、遠慮なく受け取ってよ」

「そう言ってもらえるのは嬉しいけど、さすがにこれは受け取れないわよ」

　おばちゃんが諦めずに母と押し問答を繰り返しているのを見て、俺はこれ以上巻き込まれないようにまーくんのそばに避難する。声を掛けようとまーくんを見ると、何やら顔色がすぐれないというか、どうも表情が暗い感じがする。何かあったのだろうか。

「まーくん、どうかした？　お腹痛い？」

　顔を覗き込むようにしながら俺が尋ねると、まーくんは何故か俺から顔を逸らして『なんでもない』とぶっきらぼうに返してくる。なんとなく逸らした顔を追いかけてもう一度覗き込むと、まーくんは『やめろよ』と言いながらトンと俺の体を強めに押した。軽い俺の体はそれだけでたたらを踏んで、それでも勢いは止まらずにぽてんと軽く尻もちをついてしまう。

　お尻は全然痛くなかったけど、いつもは優しいまーくんが何故こんなにご機嫌ななめなのか、そっちの方が気になった。なんだかバツが悪そうな表情をしたまーくんは、俺の腕を掴んで引っ張り起こすとそのまま俺の手を握って玄関へと早足で歩く。

「ち、ちょっと。まーくん、はやい」

現在６年生のまーくんと３年生の中でも小さい方の俺では歩幅が大分違うので、引きずられるようになりながらなんとか靴を履く。そして庭を横切って門から出てもまーくんの勢いは落ちる事はなく、ようやく止まった頃には俺は肩で息をしなきゃいけないぐらいハァハァと息切れしていた。

「すー坊ごめん……何か飲むか？」

いつの間にか近所の駄菓子屋さんのところまで来ていたみたいで、まーくんは俺の手を離すと自動販売機の前でそう聞いてきた。でもまだ息の整わない俺は返事ができなかったので、まーくんは１００円玉を投入するとボタンを押した。続いて自分の分なのかもう１回ボタンを押して、取り出し口から２つの缶ジュースを取り出す。

　手渡されたのはオレンジジュースだった。喉が渇いていたのでありがたく受け取って、プルトップを開ける。本当なら炭酸ジュースの方がより爽快なのだろうけれど、前世では１．５リットルのコーラもどんとこいだった俺だが、現世では性別が変わったからなのか他に理由があるのかはわからないが、炭酸がほとんど飲めない体になってしまった……コーラ好きだったのになぁ。

こくこくと喉を鳴らして飲むが元々食が細い俺だ。半分も飲まないうちに満足してしまう。いいや、持って帰って家の冷蔵庫で冷やしておこうとか考えていると、正面に立っているまーくんが何やら意を決したようにこちらを見た。

「すー坊、本当に東京に行くのか？」

「ん？　うん、明日は役場に転出届を出しに行くし」

唐突な質問にきょとんとしながらも返事をする。すると突然まーくんが俺の腕をぐいっと引っ張るから、持っていたオレンジジュースの缶が手から滑り落ちてしまった。ああ、もったいない。

カランカラン、と缶が地面とぶつかる音がすると同時に、俺はぽすんとまーくんのみぞおちのあたりに軽くおでこを打ち付ける。ってこれ、まーくんに抱きしめられてないか？

「……行くなよ、行かないでくれ」

一体なんでこんなことを、と頭の中でぐるぐると疑問がめぐる。理由はわからないけれど、よく知っている幼なじみのまーくんだから、こんな風に何も感じずにいられてるんだろうな。まったく知らない他人の男に、心の準備もなくこんな風に抱きしめられたら、拒絶反応で急所蹴りする可能性まである。

耳元で囁かれた言葉から察するに、多分寂しいんだろう。兄貴分として俺に良くしてくれるまーくんとはいえ、まだ小学6年生。今までそばに当たり前のようにいた誰かがいなくなるという経験をしたことがないから、ほんの小さな頃から一緒にいた俺という存在が自分の周りから欠けるのが寂しくて不安なのかもしれない。

「まーくんはさ、将来はこれがやりたいなっていうものはある？」

「……いや、別に。なんとなく親父みたいに働きながら、農業をやるんだろうなとは思ってるけど、特にやりたいことはないな」

「それはね、まだやりたいことを見つけてないんだよ。わたしはこの間東京に行って、これだってモノを見つけたから。だから行かないって選択肢は選べない」

俺はだいぶ高い位置にあるまーくんの顔を必死に見上げて、そう言い切った。しばらく見つめ合うようにじっとお互いの目を見ていたが、根負けしたようにまーくんが目を逸らす。勝ち負けじゃないけど、なんだか優越感を覚える。すると俺の考えが読まれたのか仕返しのようにぎゅうぎゅうと抱きしめられた。やめてやめて、中身が出る。

やっとのことで解放されて、俺は恨めしそうにまーくんを睨む。でもなんだか途中から笑いがこみ上げてきて、ふたりして小さく吹き出して笑い合った。そして空き缶をちゃんとゴミ箱に捨ててからまーくんの家に帰ろうと、ふたりで並んで歩き出した。数歩進んだところで、隣を歩くまーくんに『すー坊』と呼びかけられる。

「俺もやりたいことを見つけられるように、色々やってみる。そして見つけた時には、俺の話を聞いてくれないか？」

話したいことがあるなら今でもいいのに、と思いつつも何やら真剣な表情のまーくんに茶々を入れるのはためらわれて、こくんと頷いた。まーくんの家に着くと、まーくんがおじさんおばさんに何やらちょっかいを掛けられていた以外は、特に叱られたりもせず、俺の送別会は穏やかに幕を閉じた。

その2日後——俺はなおやふみか、まーくんやその保護者達に見送られながら、母と一緒に最寄り駅を発った。

俺——もとい、私が東京に来て2ヵ月が経った。なんで脳内での一人称を私に改めたのかというと、万が一にも自分のことを俺なんて口に出してしまったらマズイからね。以前

なら自分ひとりが変な子扱いされればそれで済む話だったけど、今は後ろ盾になってくれている大島さんや事務所の皆さんにも迷惑がかかる可能性がある。そういう不安要素は極力潰しておかなくては。

東京に来たのはちょうど夏休み真っ只中の頃で、2学期が始まるまでは地獄みたいに厳しい大島さんの演技レッスンから始まり、日舞やらダンスやら歌唱レッスンやらと色んな分野の基礎レッスン漬けになった。しかもどの先生も厳しいし、初心者だからって手加減してくれない。これ中身がおっさんの私だから耐えられたけど、普通の小学3年生だったら我慢できずに泣いて、実家に逃げ帰ってしまったのではないだろうか。

毎日ヘトヘトになりながらも課されるレッスンをこなし、夜はユミさんを始めとする先輩達に慰められたり甘やかされたりする毎日。現世では他の子のお世話をするばかりの立場だったから、こんな風にベタベタに甘やかされるのって実は初めてなのではないだろうか。体力の限界でご飯中に寝落ちしても次の朝にはベッドの上で目が覚めるし、寝てる間にお風呂にまで入れてもらっているという徹底ぶりだった。

『ご迷惑をお掛けしてしまって申し訳ないです』と謝ると、どうやら先輩達もこの集中レッスンを受けた経験があるらしい。そのしんどさは身に沁みてわかっているし、小学生ならなおさら大変だろうと同情して色々とサポートしてくれたそうだ。ありがたく思うなら次の入寮者にも優しくしてあげてほしいと言われて、私はその言葉に一にも二にもなく頷いた。

そして地獄の特訓をなんとかやり遂げるとすぐに2学期が始まったので、転校先の小学校へ。前世から数えても初めての転校なので、かなり緊張しながらもなんとか新しいクラスメイト達の前で自己紹介をこなす。一応いい印象を与えられるように自分では微笑んだつもりだったが、後に仲良くなった子からは『かなり不自然だったよ、アンタの笑顔』と2ヵ月も経つのに、未だにそのことでからかわれたりする程に引きつっていたらしい。

担任は吉田先生という女性の先生で、どうやら前もってこのクラスの委員長さんに話を通しておいてくれたらしい。クラスメイト達からの質問とか、そういうのも全部委員長の木村透歌ちゃんが全部仕切ってくれて、慣れない私の学校生活のサポートをしてくれた。そうこうしている間に普通に仲良くなって、私にとっては学校で一番仲良しと言ってもいいくらいの友達になっている。透歌もそう思ってくれていたらいいな。

そんな感じで学校では一般的な小学生を演じて、寮に帰るとレッスン漬けの充実した毎日を送っていたある日、事務所で担当してくれているマネージャーの安藤さんが寮の稽古場へと飛び込んできた。ちょうど柔軟運動をしていて、足を１８０°に開いたまま上半身を床にべったりと付けていた私の姿を見つけると、彼女にその勢いのまま手を引っ張られ

て引きずり起こされる。

「いい、すみれ。これはチャンスなの、神様がくれた奇跡なの！」

鼻息を荒くして言う安藤さんをなんとか落ち着かせながら、私はサッと着れるワンピースに着替える。どういう話なのかは全くわからないが、このままだと稽古着のまま外に連れ出されそうだったからだ。

安藤さんの話を要約すると、どうやら子供用玩具のＣＭに出演する子役の、急なキャンセルがあったらしい。しかも撮影開始は1時間後というところでの急なキャンセル。制作会社としてもお得意様である大手おもちゃメーカーの機嫌は損ねたくないということで、草の根を分けて捜す勢いで撮影に参加できる子役に声をかけたが撮影開始のアタマが決まっている以上、なかなか見つからなかったらしい。

そして懇意にしている制作会社のスタッフさんから安藤さんにもヘルプコールが入り、急いでここにやってきたのだそうだ。経緯を説明されながらも薄手のカーディガンを羽織って身支度を整えていた私は、そのまま安藤さんに荷物のように引きずられて車の後部座席に放り込まれた。

まぁ大島さんや事務所の利益になるのなら、できる限りのことはなんでもやりますよという気持ちだから問題はなかったが、考えてみれば初めてのＣＭ撮影である。撮影場所に近づくにつれて心臓がバクバクと暴れ始めたが、スタジオに入るとそれ以上の衝撃が待っていてそんな緊張は吹っ飛んでしまった。

なんとこれから撮影するCMはおもちゃとは言ってもお風呂で遊ぶ用のおもちゃで、更に全裸で撮影なのである。おっさん達が見ているスタジオの中で全裸なんて絶対に拒否したかったのだが、すでに小学1年生ぐらいのふたりの女の子があったかいベンチコートのような物に身を包んで待機していた。どう考えても断れる雰囲気ではない。

監督さんやスタッフさんに挨拶した後、即メイク室へと連行される。そこで髪の毛を梳かされながら、カット表を手渡されてCM内容の説明を受けた。私はふたりの姉的な役回りで、彼女達と楽しく遊べばいいだけらしいので気は楽だが、一番のネックは人前で裸になってしかもそれが撮影されて、その上お茶の間のテレビで大公開されるということだ。

どの程度の露出なのか、胸や股間は映らないようにしてもらえるのかと監督に質問すると、股間はさすがに映さないが胸は映すだろうと言われてしまった。この時代だと当たり前のことなのかもしれないが、さすがにそれは恥ずかしい。私が難色を示すと、監督達もここで私が降りたら、今日の撮影は絶望的なのがわかっているのか、胸にも目立たない前貼りをするように配慮してくれることになった。

前貼り処理を施してもらって、全裸にベンチコートという露出の激しい格好でスタジオに戻ると、共演する女の子のひとりがお母さん相手にグズっていた。本来ならもう撮影は終わっている時間だし、子供にとっては長すぎる待ち時間だったのだろう。それを見て、もうひとりの女の子も泣きそうになっている。このままの状態では撮影を始められないだろうし、ちょっと顔合わせついでに挨拶しておこうかな。

少し離れたところにいる女の子に手招きしてこちらに近づいてくる事を確認すると、グズっている女の子の前に立って少しだけ屈んで目を合わせる。

「こんにちは、今日一緒に撮影に参加する松田すみれです。よろしくね……お名前おしえてくれるかな？」

「……いけだ、すず……」

「やまとけいこ、です」

グズっていた子がすずちゃん、もうひとりの子がけいこちゃんと言うらしい。表情がまだまだ固いふたりににこりと笑いかけて、私は『一緒に楽しく遊ぼうね』と呼びかけた。するとどことなくふたりの表情が柔らかくなって、ほんの少し笑顔が溢れる。

監督もそれを見て『今が好機だ』と思ったのか、スタッフ達に指示を出し始める。私達もベンチコートを脱がされて、用意されている大きな浴槽へと案内された。ちゃぷん、と足を浸けると湯気があんまり出ない程度のぬるま湯、といった感じの温度である。どぷん、とすずちゃんとけいこちゃんが浴槽に入ったので、私も肩までお湯に浸かる。

おもちゃはお湯に浮かべるとゆっくり前に進むプラスチック製で、お湯の中に沈めてから手を離すと勢いよく浮かび上がる物だ。既にカメラさんがテープを回して撮影しているようなので、早速おもちゃを手にとってお湯の中に沈めてみる。

「いくよー、よく見ててね」

私の声にきょとんとするふたりに当たらないように気をつけながら、おもちゃから手を離すと結構な勢いで水面から飛び出していく。最初はびっくりした表情だったふたりも、興味と面白さが勝ったのか満面の笑みで『こんどはわたしのばん』とそれぞれにおもちゃを手に持つ。

撮影の事を忘れてふたりと遊んでいると『はい、オッケー！』と監督の声が響いて、ようやくこれが撮影だった事を思い出す。撮った映像のチェックが終わり合格が出たのか、スタッフの人達がパチパチと拍手してくれた。それをBGMに大きなバスタオルに包まれて浴槽の外に出ると、そのまま更衣室に連れていかれて着替えるように指示された。着てきた下着とワンピース、カーディガンをもう一度身につけて更衣室を出る。するとメイクさんがドライヤーを持って待ち構えてくれていて、すずちゃんが髪の毛をブローしてもらった。

「すみれちゃん、だっけ？　すごいわよね、すずちゃんがあんな風に素直に仕事するなんてなかなかないのよ」

メイクさんにドライヤーを当てられながらそう言われて、思わずきょとんとしてしまう。全然そんな印象はなく、素直に言うことを聞いてくれたので驚きよりもその言葉の内容が理解できなかったのだ。

「普段は違うんですか？」

「もうすごいワガママ娘なんだから、でも大手芸能プロの関係者の娘さんだから、スタッフもあんまり強く言えなくてね」

メイクさんはドライヤーを切ると、人差し指を縦にして唇に当てて『シー』と言いながら苦笑した。ここだけの話だよ、ということだろう。

私は頷いて立ち上がると、サラサラに乾いた髪をひと撫でした後に『ありがとうございました』とメイクさんにお礼を言って別れる。

すっかりここに来る前と同じ姿に戻った私は、安藤さんと一緒にスタジオに戻って監督さんやスタッフさんにも『ありがとうございました』と挨拶した。

「代役と聞いていたが、よく他の子をまとめてくれたね。おかげで我が社の製品の魅力をより強く、視聴者に伝えられるＣＭが出来たと思う。ありがとう」

その中にいたスーツのおじさんにそう声を掛けられて、反射的に『また何かお仕事があ

れば、呼んで頂けると嬉しいです』と軽く営業もしておく。越権行為かもしれないが、こういう営業活動は大事だと思う。今回はＣＭだったが、私がやりたいと望んでいる演技の仕事にも繋がるかもしれないのだから。

すずちゃん達とも『またね』と手を振りあって別れた後、安藤さんと一緒に車に乗り込む。意識はしていなかったがやはり緊張していたのだろう。まるで溜め込んでいた何かを吐き出すように、深いため息のように思いがけず息を長く吐いてしまった。

「ふふ、疲れた？　今日は本当にありがとうね、すみれ。お疲れさま」

「いえいえ、いつも安藤さんにはお世話になってますし、何事も経験ですから」

「そう言ってもらえると有り難いわ。それにね、仕事っていうのはある意味数珠つなぎなの。もしかしたら今日やった仕事が、全然違う分野の仕事を持ってくる場合もあるからね」

先程のスーツのおじさんにこっそり営業していたのを聞いていたのだろうか、安藤さんは私のやりたいことを知っているし、フォローしてくれているのかもしれない。

どうか演技のお仕事に繋がりますように、と祈りを捧げる。その日はおいしい夕ご飯をごちそうしてもらって、幸せな気持ちで寮に帰った。１ヵ月程して撮影したＣＭがテレビで流れ始めて、学校で女の子達にからかわれたのはちょっぴり恥ずかしかった。男子はまあ、ね。前世は男だったから同級生の女の子の裸を見ちゃったら、ソワソワしちゃう気持ちもわからなくもないけど、自分がその対象だとすごく微妙。さっさと別の物でそういうソワソワした気持ちを発散してほしいと強く望む。とりあえず向けられてくる妙にネットリした視線は、ひたすら無視を貫くことにした。

　父からも電話で緩く叱られたりした。『こういうＣＭに出る時は相談してほしい』とか『女の子がテレビで肌を見せるなんて』とか言われたけど、急に決まったんだから仕方がないでしょと開き直って私の意見を押し通した。何故かまーくんからも電話をもらって文句を言われたのだが、心配してくれているのはわかるんだけど正直ちょっとウザったい。おばちゃんは『可愛く映ってたよ』って褒めてくれたのにね。

「でも東京に来て、まだほんの少ししか経ってないのに、もうＣＭに出ちゃうなんてね。すみれには差を付けられちゃったかな」

「ユミさんは自分の希望通りに、舞台に出演したりしてるじゃないですか。私も早く演技の仕事やりたいな」

　からかうように言うユミさんに、私はちょっと頬を膨らませて言った。いつも通りに自主トレの為に寮の稽古場で準備体操をしていると、安藤さんがバァンと勢いよくドアを開けて稽古場に飛び込んできた。あれ、なんだかデジャヴを感じる光景。

「すみれ、喜びなさい！　今度は雑誌のモデルの仕事が来たわよ」

突然の安藤さんの来襲と全く想定していなかった仕事の内容に、私はしばらく言葉も返せずに呆然とするのだった。

「はい、ふたりともこっちに目線ちょうだい！　そうそう、イイねー」

1眼レフ独特のカシャ、というシャッター音が響くのを聞きながら、笑顔で指示された通りのポーズをとる。

安藤さんから聞いた今回の仕事は確かに雑誌のモデルだったけど、またも急な欠員による代役だった。なんだろう、空いてしまった仕事のスキマを埋める便利屋にでもなった気分だ。

この時代でも無くはなかったけど珍しかった、子供を対象にしたファッション誌。出演をキャンセルした詳しい事情は聞いていないけれど、今回オファーを受けていたのは小学2年生の女の子。既に撮影で着る予定の服も用意されていた為、サイズ的に結構シビアな代役探しになったらしい。子供の成長は早いので、私が所属している大島さんが経営する事務所でも、所属しているタレントのサイズ表は頻繁に更新されている。測ってもらったのはついこの間なので間違いはないのだろうが、小学2年生の子に用意された服を余裕で着こなせる自分の貧相さにちょっぴり悲しくなった。

撮影はスタジオで行うのかと思っていたけど、公園とか学校の校庭にある遊具の前とかレンガ作りの遊歩道とかおしゃれな感じの並木道とか、色々なところで行われた。

今回は年上の男の子と一緒に兄妹のおでかけみたいなテーマなのか、男の子の胸元にほっぺを当てながらふたりでカメラに目線を向ける。もちろん笑顔だ。背中に男の子の手が回されて、少しだけ鳥肌が立ちそうになるけれど、そういうのは表情には出さない。新人モデルだしピンチヒッターだけど、お金をもらう以上はプロだ。私は役者志望なのだから、私情など挟んではいけないのである。

それにしても前世では私が田舎育ちだったからか、この時代の子供服といえばキャラクターが大きくプリントされたトレーナーみたいな、大味で地味な服が多いのかと思っていたが、さすが洗練された服が掲載されるファッション誌の撮影だ。平成の感覚で見ると時代遅れというかダサさを感じてしまうのだが、この時代にしてはおしゃれな雰囲気の服しか存在しない。

現在10月末、そろそろ秋から冬に季節が移り変わりかけている時期だ。それなのに今の私はレースのワンピースと赤色に白い水玉模様がついたフレアスカートと薄手のカーディガンという肌寒い格好をしている。兄役の男の子も白いダンガリーシャツにジーンズ、そして肩にカーディガンを巻きつけるように掛けて首元で袖を軽く結ぶ、いわゆるプロデューサー巻きというヤツである。

ファッション誌って季節を先取りして撮影するのが常らしく、撮影時の季節に適した服装ができることなんてほぼないらしい。さっきの休憩中に、安藤さんがそう教えてくれた。ちなみに何度か衣装チェンジがあって、この服の前には真冬の装いをさせられていたので、当てられているライトで暑かった。小さな傘みたいなのが装着されている為か、ライトの指向性がアップしていて、辛い撮影時間を過ごした。マフラーの下の首元が汗ばむぐらいの温度でジリジリと焼かれるというのは初めての経験かもしれない。

私の撮影は滞りなく終了して、安藤さんと一緒にカメラマンさんや同行していたプロデューサーさんに挨拶する。カメラマンさんからは『意思疎通しやすいし、こちらの指示には従順だしで、かなり撮りやすかった』とのお褒めの言葉を頂いた。プロデューサーさんはあまり撮影の方を見てなかったらしく、代役を引き受けてくれた件に関しては強く感謝された。

その後安藤さんはプロデューサーさんに呼ばれて私はしばらく待機しているように言われたので、スタイリストさんや他のスタッフさんにも挨拶しておく。ただ私の撮影が終わっただけで他の撮影はまだまだ残っているのか、スタッフさん達もバタバタしているので邪魔にならないように余裕のありそうな人達だけにしておいた。

話が長引いているのか安藤さんが戻ってこないので、備え付けられている休憩用の椅子に座ってぼんやりしていると、私より年上の女の子4人に声を掛けられた。

「ちょっと、話があるんだけど」

リーダーなのかひとりだけ少し前に出た少女にそう言われて、私は首を傾げる。このまま続けて話があるのかな、と待っていると少女が焦れたように声を荒らげた。

「さっさと立ち上がりなさいよ、あっちに行くよ」

マネージャーにここで待つように言われているので、と断ったのだが無理矢理に手を引かれて建物の陰に引き込まれる。ドンと押されて、私が建物の壁に背中をぶつけている間に、他の人に見られないようにだろうか。壁のように私を囲んで立つ4人。

「あんたねぇ、なに隼人くんに色目使ってんのよ。ベタベタ引っ付いちゃってさぁ」

「そもそも何で無名のあんたが、あの隼人くんと映ってんの？　本当ならカヨの仕事だったはずなのに」

威圧するようにそんなことを口々に言ってくる彼女達だが、私には全く理解できなかった。ちなみに隼人くんとはさっきの撮影で兄役をやってくれていた男の子である。４年生か5年生ぐらいの年齢で、確かに将来イケメンになりそうな子だけど、まさかこんな風に威嚇してくる同業者のファンまでいるとは思わなかった。

個人的には隼人少年についてはどうでもいいけれど、他人の仕事を奪ったかのように言われるのは納得できない。こちとら欠員のスキマを埋める便利屋みたいな扱いをされているのだ。代役を引き受けたことに感謝されこそすれ非難される謂れはない。

「ちょっと待ってください、わたしはそのカヨって人は知らないですけど、彼女の仕事を奪ってなんかいません。事務所に代役のオファーが来たんです」

「……それは知らないけど、でもあんたが引き受けなかったら、そのままカヨが参加できてたかもしれないじゃん」

は？　ごめん、彼女の言葉の意味がわからない。雑誌側がそのカヨさんの代わりを探していたということは、代役が早々に見つからなかったとしてもカヨさんを使うつもりはなかったのだと思う。そもそも撮影に参加できなかった理由がカヨさんの事情なのか、それとも雑誌側の意向なのか。それすらもわからないのだから、私に責任を押し付けられても困る。

「あのですね、皆さんもプロのモデルとしてここに来てるんですよね？　私は今回初めてモデルとしてお仕事しましたが、お金をもらう以上は依頼してくれた人達に、満足してもらえる仕事をすること以外はまったく頭にありません。隼人さんに関しても、特に何とも思っていません。私の仕事について指導してもらえるなら聞きますが、そんなしょうもない話をこちらに持ってこられても困ります」

そういう文句は撮影を依頼している雑誌側にどうぞ、と言葉を結ぶ。子供相手に大人げないと言うなかれ、プロとしてギャラをもらう以上は子供も大人も関係ないのだ。これは私のポリシーではあるけれど、別に他人にそれを押し付けるつもりはない。ただし、相手が私にくだらない干渉をしてくるというのなら話は別だ。

私の見た目は非常に貧相でちんちくりんな女子小学生だが、中身はおっさんだ。言いたいことははっきり言うぞ、と語気を強めて言い返した。そうしたら相手の女の子達もまさか多勢に無勢なこの状況で、自分達に反論してくるとは思ってもみなかったのだろう。少したじろいだ様子を見せる。

でもここからどうするかなぁ。人数はもちろん腕力でも当然勝ち目はない。『逆上されて殴りかかってこられても困るな』と考えていたら、どうやら他のモデルの子だろう。囲まれているので姿は見えないが、落ち着いた感じの声が聞こえてきた。

「あんた達、そこで何やってんの？　もう撮影始まるんだけど」

「まどか……行くよ、みんな」

　リーダーっぽい子が今にも舌打ちしそうな言い方で吐き捨てるようにそう言うと、４人は撮影現場の方へと戻っていく。少女達の壁が取り払(はら)われて視界がひらけると、どうやら先程の声の主なのだろう。黒髪(くろかみ)ロングヘアの整った顔立ちの女の子がいた。

「あ、あの。ありがとうございました、助けてくれて」

「別に助けたつもりはないんだけどね。あいつらとは同じ事務所だから、問題を起こされると次から仕事が入りにくくなるし」

　小学6年生、もしくは中学生ぐらいだろうか。まどかと呼ばれた少女はそう言って小さくため息をつくと、面倒(めんどう)くさそうにこちらに歩いてきた。

「ああいう輩(やから)はこの業界のあちこちにいるから、気をつけなね。まぁでも、あいつらはしばらくしたら、どこの現場にも呼ばれなくなるだろうけど」

「……?」

　言葉の意味を理解できていない私に、まどかさんは気怠(けだる)げに言葉を重ねる。

「さっきの話に出てたカヨって、あんたと同じぐらいの年の子なんだけど、仕事場に来ても遊んでばかりでちゃんと仕事しなかったんだよね。でも可愛いって周りには褒めてもらいたい、チヤホヤされたいって自己顕示欲(けんじよく)ばっかり強い子で……まぁ、モデル業界ってさっきの4人を含(ふく)めてそういうヤツが結構いたりするんだけど」

「つまり、そういう態度が原因で干された？」

「前回の仕事の時に、我慢の限界が来たクライアントの人が怒鳴りつけたらしくてね。案外狭い業界だから、そういう噂話はすぐに広まる。今回は新しく作る雑誌なのに、ケチが付くのを嫌ったみたいでキャンセル食らったみたいね」

依頼してきた側が一方的に依頼をキャンセルするというのは理不尽な話に感じるかもしれないけど、彼女の身から出たサビなのだから仕方ないのだろう。所詮この業界では仕事を提供する側が強いのだ。

「今回は撮影に参加できたあの子達も、カヨと一緒にやりたい放題してたヤツらだから、次回から呼ばれないと思うよ。あんたのマネージャーが呼ばれてるのも、多分今後もレギュラーで参加してほしいって話をするためだろうし」

そうなのかー、とまどかさんの話をふむふむ聞いていた私だったが、マネージャーのくだりで頭に『?』が浮かぶ。何故まどかさんは安藤さんがプロデューサーさんに呼ばれてるのを知っているのだろうかと、それを尋ねるとまどかさんの頬が赤く染まった。

「べ、別にあんたのことを見てた訳じゃないんだからね！　撮影がスムーズだったし、新人なのにカメラマンさんの指示にもバッチリ応えられてすごいなとか、思ってないんだから」

ツンデレか、と思いつつもこの時代にはそんな言葉は一般的ではなかったのでツッコまない。『ありがとうございます』と軽く頭を下げながらお礼を言うと、まどかさんの頬が更に赤くなった。語尾（ごび）がすぼんでいくようにぽつりと言うまどかさんを見て、最初はクールな感じかと思ったけど案外可愛い人なんだなぁとそのギャップに好感が湧（わ）く。

そう言えば自己紹介（しょうかい）をしてなかったなと思って名乗ると、まどかさんは頬を赤く染めたまま『朝倉（あさくら）まどか』と名乗り返してくれた。さっきの4人とはどう頑張（がんば）っても仲良くなれそうにはなかったが、まどかさんとなら仲良くなれそうだなと直感的に思う。『長い付き合いになればいいな』と心中で願いながら、よろしくお願いします、と頭を下げた。

その後すぐに安藤さんが探しに来て、まどかさんにお別れの挨拶をしてから帰途（きと）につく。心配させるのもどうかとは思ったが、仕事を始めた当初から報連相は徹底するように安藤さんから言われている。なので車中でさっきの出来事を話すと、安藤さんは少し怒（おこ）ったような表情をしながら私の顔や体を手で撫で回して怪我（けが）がないかどうかを確認してきた。その怒りはあの4人へ向けられた物が大半だろうが、簡単に彼女達（かのじょたち）に連れていかれた私に対しての物も少しは含まれるだろう。怒られる前に反省の弁を告げておこう。

「……本当に反省してるのかしら、この子は！」

安藤さんが突然そんな風に声を上げて、私に飛びかかってきた。車の後部座席に並んで座っている状態では逃げ場はなく、私はあっという間に捕らえられくすぐりの刑に処されてしまう。本気で怒っている訳ではなく、彼女なりのタレントとのコミュニケーション手段なのだろうが、容赦なく脇腹や首をくすぐられて堪らず無意識に声が漏れ出す。

悶える際に安藤さんの胸に肘が当たって柔らかい感触が伝わってきたが、ドキドキしないどころかその膨らみに羨望を覚えてしまう自分に気付いて、なんとなく遠い目になってしまったのは別の話。

――午前5時。
枕元に置いている目覚まし時計がジリジリと鳴り出したのを感じた私は、他の寮生の人に迷惑がかからないようにパシッと叩いて止め……ようとしたが、腕がうまく動かない。
まるで輪っかみたいな物で体を締め付けられているような、そんな息苦しさを覚える。
それなのになんだか柔らかい物に包まれているような安心感と温もりもあって、不思議な感覚だった。あと香水のような匂いと少しだけお酒の匂いが混じり合っているような気がする。

「うぅん、うっるさいなぁ」

頭上でそんなうめき声にも似た呟きが聞こえてきて、締め付けがふと緩くなる。寝惚けた頭をなんとか回転させて体を起こすと、そこには見知った女性が目を閉じたままもがくように左手で目覚まし時計を探していた。なるほど、身動きが取れなかったのは彼女に抱きかかえられていたからかと小さく安堵のため息をつく。

とりあえず目覚まし時計を止めてシン、と静かになった部屋の中を見回す。間違いなく私の部屋だ。ということは、侵入者は彼女の方になる。まぁ、最近いつの間にか一緒に寝ていることが多いから、慣れてしまったのだけどね。

「愛さん、あいさーん。ちゃんと自分の部屋で寝てくださいよ」

寮生の中で最年長、女優としても活躍中の東雲愛さんの身体をゆさゆさと揺するが、うるさい目覚ましの音が消えたのもあってか再び眠りの世界に意識を向かわせている。シミーズといえばいいのか、それともスリップだろうか。とりあえずそんな肌着一枚で寝ているためか、私が揺らす度に豊満な胸がぷるんぷるん揺れているのが何故か気に障る。

「いい加減に、起きてくださいってば！」

もちろん手加減しているが平手で彼女のおっぱいを引っぱたくと、パチーンといい音がした。それと同時に『いたーい！』と目の前の彼女から悲鳴にも似た声があがった。

「いたいじゃん、なんてことするのよ」

「愛さんがなかなか起きないからじゃないですか。それよりも、起きたなら自分の部屋で寝てくださいよ」

まだまだ寝惚けた表情で抗議する彼女に、私は殊更呆れたように返した。というか、私がこんなに早く起きたのには理由があって、ユミさんとジョギングする約束があるからだ。早く身支度して待ち合わせ場所の玄関に行かなくちゃ。後輩が時間に遅れて先輩を待たせるなんてよくないことだろう。常識的に考えて。

未だに寝っ転がっている愛さんを避けてベッドから降りると、私はさっさとパジャマを脱いでからTシャツを着て、その上からジャージを羽織る。もちろんジャージのズボンも忘れずに履く。

「すみれさぁ、そうやってどこでも無防備に着替えちゃダメだよ。アンタの着替えを見るために惜しげもなく金を払う奴も、この世の中には多分結構な人数でいるんだろうからね」

「何言ってるんですか、そんなことしません！　っていうか、まだ酔っ払ってるんですか？」

「当たり前よ、寝たの3時過ぎだもん。そう簡単にお酒は抜けませーん。服脱いだら寒かったからさ、柔らかくてあったかい湯たんぽ代わりのすみれを抱いて寝ようと思って」

愛さんの酷い言い草に小さくため息をついて床を見るが、彼女が脱いだであろう衣服は見つからない。別の場所で脱いできたんだろうなぁ。誰かが発見してくれることを祈る。

ブラシで軽く髪を梳いた後で、髪を簡単に頭の後ろで纏める。さすがに幼稚園の頃から髪の毛をちょくちょくいじっていれば、これくらいは片手間にできるようになる。髪ゴムで解けないように固定すると、ベッドの上でまた夢の世界に旅立とうとしている愛さんを振り向く。

「あと30分ぐらいでトヨさんがお風呂を沸かしてくれますから、もし起きるならお風呂に入る。本格的に寝るなら自分のベッドに行ってくださいね。わかりました⁉」

「はいはーい、りょうかーい」

おざなりな返事に『もうどうにでもなれ』という気分になりながら、私は部屋から出る。

洗面所で軽く洗顔と歯磨きを済ませた後玄関に行くと、既にユミさんが待ってくれていた。

あー、本当に申し訳なさすぎる。愛さんというロスタイム製造機さえいなければ、ちゃんと先に来れたはずなのに。

「ユミさん、ごめんなさい。お待たせしちゃいました？」

「ううん、今来たところ。おはよう、すみれ」

赤いジャージに身を包んだユミさんに『おはようございます』と返して、ふたり揃って運動靴に履き替える。そして玄関を出て庭に出て、まずは準備体操。ラジオ体操を念入りに行ってから、その場でピョンピョンと軽いジャンプを何度か繰り返す。

前世では走ったりする前には、つま先を地面につけて足首をグネグネする準備体操が当たり前のように行われていたが、病に伏せっていた時に見たテレビで専門家が非推奨だと言っていたのを聞いていたので、転生してからはその時に代替案として紹介されていたジャンプを行うようにしている。何やらグネグネすると捻挫をしたり足を痛めやすくなるらしい。信憑性があるのかどうかは今となってはもうわからないけど。

ふたりともほんのりと体が温まったところで、門扉から出て軽く走り出す。タッタッタッと軽い足音ふたつが、まだまだ静かな住宅街に響いて聞こえるのが心地良い。

東京での生活に慣れてきた9月下旬、そろそろ日課だったジョギングを再開しようかと思ってユミさんに相談したら、だったら一緒に走ろうかと誘ってもらったのがきっかけだった。ユミさんもジョギングを始めようかと思っていたそうで、私の話は渡りに船だったらしい。

でも東京は物騒だから、誰かと一緒でなければジョギングは禁止と、ユミさんだけではなく大島さんをはじめ寮の皆さんにも止められている。歩幅も走るスピードも違うしユミさんにご迷惑じゃないかなと思ったりもするのだが、今のところお言葉に甘えていたりするのだった。

少し離れた公園まで行って帰ってくる3キロメートル弱のコースを、ゆっくりとしたペースで走る。公園にたどり着いたところで、少し休憩。ユミさんと走り始めて気付いたのは、いつもより早く走らないと追いつけないということだった。つまり、まーくんと走っていた時に彼は私のスピードに自然な感じで合わせてくれていたのだろう。さすが気遣いができる男。前世の私もあれくらい気遣いができていたら、生涯童貞で過ごさずに済んだろうに。

そんな内心を表には出さず、目が覚めたら愛さんが私のベッドで一緒に寝ていたことを愚痴っていると、ユミさんは笑いながら『すみれは皆に可愛がられているからね』と慰めてくれた。確かに愛さんやユミさん、残りの女子高生ふたり組も皆暇さえあれば構ってくれるので、寂しがる暇もないくらいだけど。

他愛ない話をしつつ息を整えると、ふたり並んで寮に向かって走り出す。大体往復で45分ぐらい掛けて戻ってくると、脱衣所に直行する。寮のお風呂は大人ふたりが湯船に入っても余裕なぐらいには広いので、いつもジョギングの後はユミさんと一緒に入らせてもらっている。

ジャージを脱いで備え付けのカゴに色物・タオル・下着とそれぞれ分けて入れて全裸に

なると、汗をたくさんかいていたこともあってちょっと肌寒い。ふたりして足早に浴室に入ると、ユミさんは湯船のお湯を私に優しく掛けてくれた。

「私が先に体を洗うから、すみれは温もっていていいよ」

いつもそう言って譲られてしまうので『いやいや、先輩に寒い思いをさせるなんて』と抗弁してみるが、今日も無理やり抱えられて湯船に入れられてしまった。確かに同い年の平均体重を少し下回っている私だけど、中学1年生の女の子にそうひょいひょい抱えられるとちょっぴり傷つく。ちなみに下回っているのは体重だけじゃなく身長もなのだが、私の心の安寧のために口には出さないでおく。

浴槽の縁に腕を置き、そこに顎を乗せてぼんやりとユミさんが頭を洗っているのを眺めていると、どうしても前世が男だったからかまだまだ膨らみかけの胸とか、見えそうで見えないお股とかに反射的に目線が向くけど、だからといってムラムラしたりとかいやらしい気分にはまったくならない。なんだか男としても女としても中途半端だなぁと思って小さくため息をついていると、シャンプーを洗い流したユミさんが『どうしたの?』と尋ねてきた。

「……ユミさん、おっぱいって何歳ぐらいから膨らんでくるんでしょうね」

さすがに本当の悩みは言えないので、私の中にある中ぐらいの悩みを吐き出してみた。

これもそれなりに本気で悩んでいる事で、おっぱいが膨らむという事実が楽しみだったり怖かったりするのだ。女性としての意識では、おっぱいは当然大なり小なり膨らむ物だと納得していてそれを楽しみにしているが、元男としての意識は恐怖に染まっている。

前世では過度な肥満だったので胸に脂肪はついていたから違和感はそんなにないのかもしれないが、この枯れ木のように細い体の中で胸だけが膨らむ変化とその違和感に耐えられるのだろうかという不安が恐怖を引き寄せるのだ。

まさか目の前の幼い後輩がそんなことを考えているとは思ってもいないだろうユミさんは小さく吹き出して、手を伸ばして私の髪をくしゃりと優しく撫でた。

「心配しなくてもすみれの胸もちゃんと膨らむから大丈夫だよ。でもすみれはちっちゃいから、他の人より少し遅いかもしれないけど」

「そうだったらいいですけど……でも愛さんぐらい膨らんじゃうとバランス悪いですし」

私がそう言うと、どうやら今の私のボディに愛さんの巨乳を脳内で合成したらしく、ユミさんがブハッと大きく吹き出した。

「や、やめて……すみれは、私を笑い殺す気なの？」

ヒーヒーと笑いながら体を洗うユミさんに『そんなに笑わなくても』とちょっとだけムッとしたけれど、それについては将来的にユミさんより巨乳になって見返すことにしよう。

容姿では勝てないだろうけど、せめて胸ぐらいは誰かに勝てるものを持ちたい。

ユミさんと交代して髪と体を洗っている時も、『洗うのに時間がかかるから髪を切ろうかな』と言った私にユミさんが勢い込んで止めてきたり、一緒に湯船に浸かっていると『将来に備えてマッサージしてあげよう』とユミさんが私の平たい胸を揉んできたり、キャッキャウフフしながらお風呂タイムを終えた。

ほかほかに温められた体から湯気を出しながら、脱衣所に備え付けてあるバスタオルを体に巻いてお互いの部屋に戻る。ユミさんは髪が短いからいいけど、私の髪はなかなか水気が切れないのでもう一枚バスタオルを使ってそれを頭に巻いて水気を吸わせるのだ。

私のベッドにはまだ愛さんが寝ていて、その隣でパンツやシミーズを身につける。そして部屋に備え付けてあるドライヤーで髪を乾かしていると、ドライヤーの音がうるさかったのか、愛さんがむくりと体を起こした。

「お風呂に入ってきたの？　じゃあ、お姉さんが乾かしてあげよう」

寝ぼけ眼でそんなセリフを言いながら、私の手からドライヤーを奪った愛さんが、優しい手付きで髪を乾かしてくれる。髪を傷めないように髪とドライヤーの距離を離して、15分程かけて完全に乾かすと、今度はクシと髪ゴムを持ってきてヘアアレンジまでしてくれた。

「お客様、こんなのでどうでしょ？」

鏡に映った私の髪型は、高い位置にポニーテール。でも一緒にまとめられているはずの後ろ毛をオシャレに垂らす感じになっていて、平成のセンスから見ると時代を感じるが非常に可愛らしく仕上がっていると思う。

「ありがとうございます、愛さん。すごいですね、ヘアメイクさんみたい」

「この間の撮影の時に、私も同じ髪型にしてもらったのよ。その時に色々コツみたいなのを聞いたからね」

愛さんはそう言うと、上手なウインクを残して部屋を出ていった。寝癖ついてなかったら格好良かったのに、と思いながらその後姿を見送って制服に着替える。

その後トヨさんお手製の朝ごはんを頂いて、学校指定のカバンを背負うと学校へと向かった。

地元の学校は集団登校だったが、こちらの学校は個別登校なのでひとりで学校へ向かう。
校舎に近づくにつれて同じ制服を着た児童達が増えてきた。

ゾロゾロと校門に吸い込まれていく児童達と一緒に、私も学校の敷地の中へ。地元の学校とは並んでいる靴箱の数が桁違いに多くて広い昇降口で上履きに履き替えて、教室へと向かう。ちなみにどうでもいい話だけど、地元の学校では昇降口のことを靴箱センターと呼んでいた。昇降口という無機質な呼び名よりもなんとなく可愛く感じて、個人的には気に入っていた。

「おはよーございまーす」

引き戸を開けながら挨拶すると、何人かのクラスメイト達が挨拶を返してくれた。でも完全に無視している子もいるので、まだクラスに馴染めていないのが肌で感じられる。入学からずっと同じ教室で過ごしてもあんまり関わらない子もいるのだから、全員と仲良くする必要はないのだけど。でも、せめて挨拶ぐらいは返してくれる関係は目指したい。

そんなことを考えながら自分の席に向かうと、後ろの席に座る友人がニヤニヤした表情でこちらを見ていた。このクラスの委員長でもある、木村透歌ちゃんだ。

「透歌、おはよ」

「おはよう、美少女モデルさま」

普通に挨拶したのに、友人はからかうように挨拶を返してくる。私が訝しんでいると、『じゃーん』と机の中から一冊の雑誌を取り出した。うわ、既視感がある表紙だわ。というか、数日前に寮に届いてたわ。

「昨日ママと買い物に行ったついでに本屋さんに寄ったのね。そしたら見つけちゃった」

なんでその雑誌に私の写真が掲載されているのがわかったのか、などとは聞かない。だって表紙にどーんと写っているのだもの。突然出版社から送られてきて、安藤さんから何も聞いてなかったから、正直なところ見た瞬間に目を剥いた。何故代役で参加した自分がカバーガールなんて大役に抜擢されたのか、慌てて事務所にいるはずの安藤さんに電話して確認したのも仕方がないことだと思う。

安藤さん曰く、本来ならカバーガールは私を囲んだ４人のうちのひとりがなる予定だったのだが、どうやら私を複数人で取り囲んで恫喝——には程遠い可愛らしいものだったけど——したのを安藤さんが怒りに任せて編集部にチクったらしい。前々から素行に問題があった上、今後あの子達がやらかして雑誌のイメージが悪くなるのは避けたいという編集部側の思惑もあり、そこを安藤さんが突きまくって私を猛プッシュしたそうだ。次回から４人を使わないなら代わりにカバーガールをうちのモデルにしろという、あちらの事務所側の言い分を一度は了承した編集部だったが、その事務所のモデル達の更なる問題行為を知ってしまっては、自分達の保身の為にも決断せざるを得なかったのだろう。

なにせ私はまだ小学３年生だ。小学生を対象としたこの雑誌のモデルとして長く使えるう自負もある。他にも外見もそれなりに可愛いとか、従順で撮影がやりやすいなどの現場の声の後押しがあったらしく、表紙に私が印刷されるというミラクルが起こったそうだ。

本当ならまどかさんが選ばれるはずだったんだろうけど、年齢的にジュニアモデルとしての卒業も近いだろうから、まだまだ使い倒せる私にお鉢が回ってきたんだろうなぁ。

『これで他にも仕事がバンバン入ってくるわよ。前回のおもちゃ会社のＣＭとの相乗効果も期待できるわ』とウキウキした声で話す安藤さんに、ため息をつきながら生返事をして電話を切った。ＣＭとかモデルじゃなくて演技の仕事をしたいんだけどなぁと思いつつ、これもその為の布石かと諦め半分で無理やり納得することにした。

「あれ？　それ、すみれちゃんじゃん」

「えー？　なんですみれちゃんが雑誌に載ってるの？」

透歌繋がりで友達になったクラスメイトふたりが、物珍しそうに雑誌を覗き込む。まだ駆け出しだし、こういう仕事をしていることは先生と透歌ぐらいしか知らないので、彼女達にしてみたら私の写真が掲載されているのが不思議なのだろう。

『この服かわいいね』とか『どこで売ってるのかな、私も着てみたい』とか、キャピキャピした会話を愛想笑いでやり過ごす。基本的にスタイリストさん任せの着せ替え人形だった私は、その質問の答えを持っていないのだ。

「でも透歌、学校にこんなの持ってきて大丈夫なの？　先生に没収されても知らないんだから」

ふと疑問に思ってちょっとだけ嫌味交じりに尋ねた私に、透歌は不敵な笑みを浮かべて自信満々に言った。

「大丈夫、その辺はちゃんとしてるから。教室に来る前に職員室に行って、先生にも見せてきたの。あんまり見せびらかしちゃダメだけど、少しだけなら見逃してくれるって」

さすが優等生、先生からの信頼と根回しが半端ない。友人の腹黒いというか計算高い一面を垣間見て、この子の将来を想像するとちょっと怖いなと思った。


前世では物心ついた頃から太っていたので体育の授業というのは苦痛でしかなかったが、現世では運動神経抜群ではなくとも思い通りに体が動いてくれるのでそこまで苦手意識はない。

でも女子になったらなったで、女の子特有の悩みがあるのだ。男だった頃は普通に半ズボンだったので気にもしていなかったが、女子は太もも丸出しになるブルマを履かなければならない。それでも地元ではクラスメイトも幼かったし、女の子達もパンツがはみ出てちらりと見えていても気にしてなかったが、東京ではそうはいかない。

男子でマセた子達はチラチラとこちらを見てくるし、女子もハミパンを気にして頻繁にチェックをしている。なんでこんな下着みたいな物で体育を受けなきゃいけないのか。確か前世ではあと6～7年ぐらいでブルマ廃絶の機運が高まっていたが、現世ではもっと早く廃止にならないかなと願ってやまない。

それはさておき、今日の体育は跳び箱である。一段も飛べずにいた前世は跳び方すら理解できていなかったが、現在の体になってようやく体の動かし方がちゃんとわかった気がする。

ダンッ、と踏切台を両足で踏んで両手を跳び箱の上で突き、足を開いて飛び越えるとマットの上にしっかりと着地する。3段から6段の跳び箱が並んでいて、それぞれ自分の実力に合った物を選んでクリアしていく。私は6段まで跳べたので、他の子のサポートに回るように先生に指示された。

残念ながら私の小さな体躯では積み重なって高くなっている跳び箱でサポートをするなんて不可能なので、一番低い3段の跳び箱の傍に立っておく。

「松田さん、ちょっと跳び方見てほしいんだけど」

ぶっきらぼうな声が聞こえてそちらの方に視線を向けると、クラスメイトの男子が立っていた。ええと、確か原田くんだったかな。

「原田くんだったら、このくらいの段数なら簡単に跳べそうなのに」

「き、基本が大事だから」

最近体育の時に何故(なぜ)かこの原田くんと絡(から)む事が多い。もしかしたら転校してから一番喋(しゃべ)っている男子は多分彼なのではないだろうか。それでも両手に満たないくらいの回数なのだけど。

前回のドッジボールでは、私が当てられそうになった際に同じチームだった彼が庇(かば)うように相手のボールをキャッチして、投げ返してくれたのが印象的だった。それを考えると多分運動が得意なはずなのに、何故初心者向けの跳び箱に来るんだろうか。そう思って質問したら、彼は視線を逸(そ)らしてそんな答えを返してきた。なんだよ、基本が大事って。

そんな内心をおくびにも出さずに、ひとまず跳び方を説明してから原田くんに跳んでもらうと、予想通り軽々とクリアした。フォームもすごくキレイだし、教えることも直すところも全くない。

パチパチと拍手(はくしゅ)しながら『すごいね』と彼を褒(ほ)めると、彼はほんの少しだけ照れたような様子で『ありがとう』とお礼を告げて次の跳び箱へと向かっていった。『一体なんだったんだろう』と首を傾げていると、なにやらニヤニヤ顔でこちらに近寄ってくる透歌。私の前に来るや否や『原田くん、何だって？』と聞いてきた。

「よくわかんないけど、なんか基本をちゃんとしたいんだって言ってたよ」

真面目だよね、と言うと透歌はまるで異星人でも見るような目でこちらを見て、重たいため息をついた。

「お子ちゃまをからかってもつまらないわね。もうちょっと大人になったら彼の言葉がどういう意味だったか教えてあげるわ」

失礼な、これでも中身はアラフォーまで生きたおっさんだぞ。確かに対人のコミュニケーション能力は低いけども、と内心でぐぬぬと憤るけれども、そんな本音を透歌に言える訳がなく。モヤモヤした物を心に抱えながら、別の話を楽しそうに始めた透歌の声に耳を傾けるのだった。

それから給食を食べたり、午後の授業をやり過ごして帰宅。今日は大島さんの予定が空いているので、レッスンをしてもらえる予定なのだ。しかもいつもなら予定の空いている寮生が複数参加するのが常なのだが、今日は皆予定があって参加者は私ひとり。マンツーマンで大女優のレッスンが受けられるなんて、本来ならいくらか包まなければ参加できないぐらい貴重な機会だろう。

「あら、すみれちゃん。おかえりなさい」

「ただいまです、トヨさん。大島さんはいらっしゃいますか？」

寮の玄関前で掃き掃除をしていたトヨさんに挨拶と併せてそう尋ねると、彼女は大島さんから言付かっていて要約すると『いつでもいいから準備が出来たら呼びなさいな』という事だそうだ。トヨさんを伝言係にして申し訳ないが、私からも10分後に稽古場に来てほしい旨を大島さんに伝えてもらえるようにお願いして、自分の部屋へと走る。

制服から稽古着に着替えて、タオルや筆記用具、室内履きの靴も用意して慌てて稽古場へ。間違っても大島さんよりも後に到着するなんて、あってはいけない事だ。急いだ甲斐あってか稽古場は無人だったので、窓を開けて少しだけでも空気の入れ替えをして、大島さんがいらっしゃるのを待つ。

それから数分後、大島さんが稽古場に入ってきた。普段なら顔を合わせると『学校はどう？』とか『こちらの生活にはもう馴染んだ？』とか気遣って声を掛けてくれるのだが、レッスンの時はそういう私的な言葉は一切ない。

「それでは、始めましょうか」

「よろしくお願いします！」

ぺこり、と頭を下げてレッスンが開始される。ペラ紙1枚を渡されて、そこに書かれている台詞の役を演じて指導を受けるという流れで進んでいく。普段なら掛け合いは寮生の誰かと行うのだが、今日は誰もいないことを考慮してか母と娘の会話になっている。もちろん母役を大島さん、娘役を私が演じる。

台詞から状況を読み取って、セッティングするのも寮生の役目だ。今回の台詞から察するに、どうやら食卓での会話みたいだから備え付けてあるパイプ椅子を2つ運んできて、対面に配置する。

「それでは、はいスタート」

パン、と手が打ち鳴らされてエチュードが開始される。最初は私の台詞からだ。もちろん読むだけではなく体全体を使った演技が求められる。今日渡された台詞は兄の誕生日について相談する母娘の会話で、私の役どころとしては兄を慕う無邪気な妹である。

母親にケーキやプレゼントの準備は大丈夫かと問う娘に、抜かりはないと答える母。そして母から頼まれていた部屋の飾り付けの為の飾りを作製するのをすっかり忘れていて、それを指摘されて慌てて飾りを作る為に席を外すという展開だ。

大げさには演じない。なおのような明るさを意識して台詞を口にする。そして母から指摘された際に、少し思い出すように虚空を見上げてハッと思い至るというところに自分なりの工夫をしてみたつもりだ。

椅子から立って稽古場の壁まで移動すると、『はいそこまで』という大島さんの声と同時に再度手が鳴る。すぐに大島さんの前に戻ると、さっきまで座っていた椅子に座るように促されたのですぐさま腰掛ける。

「うまく感情を台詞に乗せられているところは良いわね。演技もよくある大げさな物ではなく、自然な感じを意識できているのもＯＫ。でもね、さっきのハッとする演技はわざとらしかったわね。すみれは何かを思い浮かべる時に空中に視線を向けたり、思いついたら目を大きく見開いたり口を開けたりするかしら」

誰もが思いつく表現方法だが、普通に暮らしていてそんなわざとらしい態度を取る人はいるかもしれないけれど、実際は少ないと大島さんは言う。

「どんな時にどんな風な行動をするのか、10人いれば10人それぞれが同じ状況でも違う動きをするわ。これからあなたが演技をする上で色んな人の行動を見てその記憶をストックしておくことが、すごく大事になってくる。だからね、人間観察をあなたのライフワークにしなさい。それで得たものはきっとあなたの宝になるから」

「……はい！」

大きく返事をすると、大島さんは満足そうに笑った。そして少しだけいたずらっぽく笑うと、私の頭を撫でてこんなことを言い出した。

「実はさっきのエチュードはテストだったの。ちゃんと合格だったので、すみれにはご褒美をあげましょう」

そう言って一枚の紙を手渡されて、私はまじまじとそこに書かれた文字を読む。

「教育テレビ……あしたにはばたけ、オーディションのご案内？」

確か道徳の時間とかに見ていた小学生向けドラマがこんなタイトルだったはずだ。ドラマ、ということは、ついに演技の仕事ができるってことなのかな。

私が勢いよく顔を上げて大島さんの顔を見ると、彼女は微笑みを浮かべながらこくりと頷いてくれた。

「今回の課題はオーディションを受けて、役を自分の力で勝ち取ってみせなさい。たとえダメだったとしても、その経験は次に絶対活きると思うわ」

まずは全力でチャレンジしてみなさい、と温かい言葉を贈られた私は、再び大きく『はい！』と返事をしてやる気を漲らせる。

日が暮れても続いた大島さんの演技指導に、体はとても疲れていたがテンションは上がり続けていく。いい状態でオーディションに参加できるように、このテンションを維持できるように頑張ろうと決意を新たにしたのだった。

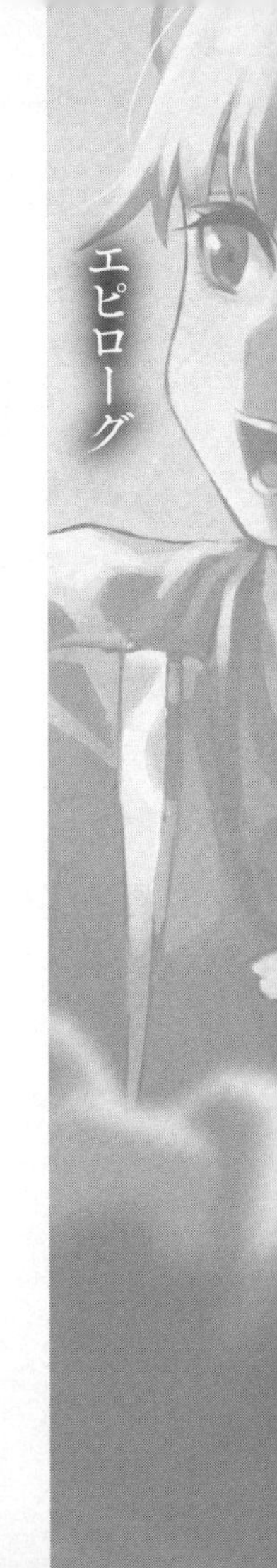

エピローグ

大島さんとのレッスンを終えてお風呂で汗を流し、心地よい疲れを感じながら勉強机に向かう。そして袖机の一番下段にある大きな引き出しを開けて、そこから大学ノートを取り出した。

小学校に入学してからしばらくして、忙しない日常に目を回しそうになっていた私は、なんとなく日常であった出来事を日記に残すことを日課にしていた。

日記と言うとどうしても長くたくさん書かないといけないような気がしてしまうけれど、別に誰かに見せる訳でもないし私の気の向くままに書いているので、一行だけで終わっている日もあれば逆に一ページ丸々使って詳細に記載している日もある。

こうして落ち着いて思い返してみると、女性として生まれ直してからこれまで、本当に色々とあったなぁとしみじみ思う。

前世の私が今の私と同じ年の頃の記憶なんておぼろげだし、環境が違うから比べるなんてできないけれど、こうして東京で演技の勉強をして芸能のお仕事に携われているのは本当に幸運だった。そのきっかけがあの姉の暴走だというのは、少しばかり納得がいかないけどね。

基本となる演技の勉強をしていたのは前世の私だけど、その経験が現世の私の中で活きている。どちらも私なんだけど、彼の絶望や悲しみを誰よりも一番知っている身としては、貴方が躓いたり遠回りした色々なことは実は全然無駄じゃなかったんだよって言ってあげたい。

そういう一言が身近な家族や知人から掛けられていたなら、もしかしたらすみれは存在せずに彼は彼のままで生きていけたのかもしれない。今更言っても遅いんだけどね。

さて、自分自身への慰めはこれくらいにして、今後のことも考えていかなくちゃ。

今の私が一番やりたいのは、大島さんみたいに皆に認められる役者になること。でもそれで仕事を選り好みするという訳じゃなくて、自分ができることでチャンスがもらえたら逃さずにしっかりと挑戦していきたい。

ＣＭやモデルの仕事もそうだけど、関わっている人がたくさんいて人間観察もできるし、普通に生活をしているとできない経験を積めるんじゃないかな。きっとそれが演技に活かせる自分の血肉になって、私の今後に良い影響を与えてくれるのだと信じている。

神崎監督に聞かれた時はやりたくないと意思表示したけれど、歌やテレビ番組の出演もオファーがあればやってみたい。

特に面白い話ができる訳ではないし、歌だってプロの歌手を目指しているかすみさん達と比べたら下手っぴだけど。でも、それもまた経験だもんね。大島さんに本格的なボイストレーニングもレッスンに加えてほしいって、試しにお願いしてみようかな。

でも頑張ってばっかりだと気持ちが折れそうな時も来るだろうから、たまにはなおとふみかにも会って癒やされたいな。彼女達は大事な幼なじみで親友でもあり、それでいて妹や娘みたいな近しい家族のようでもある。ふたりも私のことを同じように、一緒にいると癒やされてホッとする友達だと思ってくれているといいのだけど。

特になおは、前世では中学の時に妊娠して衆目から逃げるように故郷の町を去っていったから、今回はそんなことには絶対にならないように私も気を配っていきたい。

もちろん周囲の環境がしっかりと整っていて、なお自身が強く望んだ上での妊娠であれば私だって祝福するのだけど、あの頃のなおは殆ど関わりのない私から見ても幸せそうには見えなかったから、二度とあの辛そうな表情は見たくないなと思う。

ふみかについても中学卒業までは同じ学校に通っていたけれど、その後の進路については全くわからないので今度は見守っていけたらいいな。見守るっていうのはすごく偉そうだから、お互いにおばあちゃんになるまで大事な友達として繋がっていきたいなと思う。

でもふたりに会うには、私が帰省するしかないんだよね。ふたりだけで東京まで来てもらうのは、まだ小学生のなおとふみかには難しいし、何より親御さんだって心配でたまらないだろう。

比較的安全な新幹線や飛行機を選んだとしても、今度はふたりのおうちの家計の金銭的な負担が大きくなるだろうから、一度ぐらいならともかく複数回は難しいよね。

私も安定した収入とは全然言えないけれど、いくつかお仕事をさせてもらって自分で稼ぐことができる分、完全にお金に関して両親に依存しているふたりよりは余裕があるので、そう頻繁ではないけれど帰省することは可能だと思う。

ただそうなってくると次に問題になるのは、姉のことだ。改めて思い返してみるが、姉は何故ああなってしまったのだろう。繰り返すけど前世ではそれなりの関係を築けていただけに、なんだかなぁという思いが強い。

前世では男だったから姉にとって私は眼中にない存在だったのが、同性に生まれ変わったことでライバルという立場に格上げされてしまったのかもしれない。私にとっては、本当に有難迷惑でしかないけれど。

そんな姉がいる家にはおいそれと帰省できないし、帰省する度にホテルに泊まるというのも金銭的に厳しい。裏のおばちゃんならお願いしたら泊めてもらえるだろうけど、狭い町だし私が帰ってきたことが姉の耳に入れば本末転倒だ。

なおとふみかの家もお願いしたら泊めてもらえるだろうけれど、ふたりやその家族に迷惑を掛けるのも気が引ける。

いいや、帰省については実際に帰らなきゃいけなくなった時に考えよう。安定してお仕事がもらえるようになるまで、当面はレッスンやオーディションに専念しなきゃいけないだろうし、まずは自分の足場をしっかりと固める事を優先すべきだと思う。

その為には、大島さんに課題として出されたオーディションになんとしてでも合格して、次に繋がるいい演技をしなくちゃ。


「うーん、こんな感じでいいかな?」

ぼんやりと考えごとをしながら書いた文章を確認して、グーッと両手を上げて背筋を伸ばす。うっかり私が前世では男だったことや、女性になって人生をやり直しているなんてことを書いちゃって、万が一にも誰かに読まれたりしたらマズいからね。

ノートを元の引き出しに仕舞って椅子から立ち上がると、母が買ってくれたスタンドミラーの前に立った。ナルシストみたいで気が引けるが、私の容姿はそれなりに整っているとは思うけれど、いかんせん背が低いのと痩せすぎなのが玉に瑕だ。

背が低いのも痩せているのも栄養が足りていないのが原因だろうから、食べる量を増やせば解決するのは解っているのだけど、どうしても前世で太っていたトラウマからか食事量を増やすことができないでいる。

今はまだ子供だから視聴者の人達も、多少成長不良だったとしてもスルーしてくれるだろうけれど、ある程度成長しても低身長で痩せっぽっちのままだったとしたら痛々しく感じて、私のテレビ出演を嫌がる人達も出てくるかもしれない。

あくまで私の個人的な意見だけど、私が視聴者側にいて明らかに栄養が足りていなさそうな痩せ細っている女子高生や女子大生が登場したら、番組の内容より彼女達の健康への心配が先に立つだろう。

将来を考えてほんの少しずつでも、量を食べられるようになれればいいなと切実に思う。

胃が小さいのか、それとも私の身体がすごくエネルギー効率がいいのか。今の食事量でもジョギングしたりレッスンを受けたりしても、間食をせずにやり切れてしまうのも原因のひとつなのかな。燃費がいいというのも、ちょっと考えものかもしれない。

こうしてひとつひとつ整理していくと、薄ぼんやりとしていた課題や目標が浮き彫りになった気がする。
・このましっかりとレッスンを受けたり色々な経験をして、役者としての実力を伸ばす。
・もしかしたら将来、役者として生活できない可能性を考えて勉強も継続して頑張る。
・なおやふみかとは今後もしっかり繋がり続けて、ずっと仲良しの友達でいられるように頑張る。
・姉については静観するしかない。せめてあっちが冷静に私と話ができるようにならないと、私の方からは何にもできないし。
・同年代と比べても成長不良気味なこの体を成長させる為に頑張る。目指すは同い年の子達の平均数値を超えるぐらいになりたい。
箇条書きにするとしたらこんなところだろうか。姉のこと以外は私が努力し続けていれば、なんとなくだけど時間が解決してくれるような気がしないでもない。だって私はまだ子供で、前世と違って努力できる最高の環境とたっぷりの時間があるのだから。

前世での自分を反面教師にしながら、それぞれの目標に向かって頑張っていこうと、ぎゅっと両手を握りしめながら決意を新たにするのだった。

あとがき

はじめまして、武藤かんぬきと申します。

この度は『美少女にＴＳ転生したから大女優を目指す！』をお手に取っていただき、本当にありがとうございました。

インターネット上の小説投稿サイト『小説家になろう』と『カクヨム』で細々と掲載してきた本作ですが、ＨＪ小説大賞２０２１前期で受賞作に選んでいただき、こうして皆様の目に触れることができました。投稿を始めた頃はまったく想像すらしていなかったので、本当に夢のようです。

このお話はタイトル通り人生に絶望したおじさんが、ＴＳして人生をやり直すお話です。性別のことを横に置いても、人生を過去のとある時点からやり直したいと思ったことがある読者の方も多いのではないでしょうか。

本作の主人公もそんな願望を持っていたひとりで、前世ではいなかった親友や夢を得て新しい人生を楽しんで前に進んでいきます。昭和末期や平成初期を知っていれば少し懐かしく感じ、逆に平成末期と令和しか知らない方々には新鮮さを感じながら読んでいただければ嬉しいです。

基本的には作者の記憶をベースに書いていますが、記憶違いがあってはいけないとインターネット検索をフルに活用して、なるべく間違いがないように書いています。ですが、もしかすると皆様の記憶と違うことがあるかもしれません。その時はこの作品の世界ではこうなっているのだなと、暖かい目で見守っていただければ幸いです。


さて、ここからは謝辞を。

まずは初めての本作りで右も左もわからない私に色々と指示を出して、このように形にしてくださった担当編集のK様。ありがとうございました。

続いて校閲の方々、誤字脱字などが多かったのでお手間をお掛けしたことでしょう。ありがとうございました。

そしてすみれ達に素敵なイラストで命を吹き込んでくださった、あって⇓七草先生。カバーイラストの躍動感、今にもすみれが動き出しそうで本当に感動しました。なおとふみかもかわいくて、特に私の中でふみか愛がこれまで以上に燃え上がりました。イラストレーターさんってすごいなぁと思うことしきりです。ありがとうございました。

最後にこの本を手に取ってくださった、読者の皆様。本当にありがとうございました。

今後も追加エピソードやｗｅｂで公開しているお話とは少し違った展開など、この物語をもっと発展させていければいいなと考えています。もしも次巻が発売した暁には、またお手に取って頂ければ光栄です。

それでは、またお目にかかれる次の機会を楽しみにしています。

二〇二二年　十一月

武藤　かんぬき

HJ文庫 https://firecross.jp/
1055

美少女にTS転生したから
大女優を目指す！ 1

2023年1月1日　初版発行

著者──武藤かんぬき

発行者─松下大介
発行所─株式会社ホビージャパン

〒151-0053
東京都渋谷区代々木2-15-8
電話　03(5304)7604（編集）
03(5304)9112（営業）

印刷所──大日本印刷株式会社

装丁──木村デザイン・ラボ／株式会社エストール

Printed in Japan

ISBN978-4-7986-3012-0　C0193

ファンレター、作品のご感想
お待ちしております

〒151−0053　東京都渋谷区代々木2−15−8
(株)ホビージャパン HJ文庫編集部 気付
武藤かんぬき 先生／あって⇒七草 先生

黒聖女様に溺愛されるようになった俺も彼女を溺愛している 1

著者／ときたま
イラスト／秋乃える

家事万能腹黒聖女様と無愛想少年のじれったい恋物語

一人暮らしの月代深月の隣には、美人さから聖女と呼ばれる一之瀬亜弥が住んでいる。ある日、階段から足を滑らせた亜弥の下敷きになった深月は、お詫びとして彼女にお世話されることに!? 毎日毎晩、休日もずっと溺愛される日々が今始まる――！